1950（昭和25）	6・25	北朝鮮の侵攻により朝鮮戦争が開始
	6・28	北朝鮮軍がソウルを占領。韓国軍が漢江大橋を爆破
	8・18	韓国が首都を釜山に移転
	8・31	北朝鮮軍が韓国の9割を攻略
	9・15	国連軍が仁川に上陸
	9・26	国連軍がソウルを奪回
	10・1	国連軍が38度線を越えて侵攻
	10・20	国連軍が平壌を占領
	10・25	中国人民義勇軍が朝鮮戦争に参戦
	11・30	アメリカのトルーマン大統領が「原爆使用もありうる」と発言
	12・5	中国・北朝鮮の中朝連合軍、平壌を奪回
1951（昭和26）	1・4	中朝連合軍、ソウルを再度占領
	2・1	国連総会で中国を朝鮮戦争での「侵略者」とする決議
	3・14	国連軍がソウルを再度奪回。38度線付近で戦線が膠着
	7・10	休戦会談が始まる
1953（昭和28）	7・27	板門店で朝鮮戦争の休戦協定調印

原爆と朝鮮戦争を生き延びた孤児

Agou Shuji
吾郷修司 著
Tomoda Tsunehiro
友田典弘 証言

新日本出版社

はじめに

一九四五年八月六日朝、爆心地からわずか四五〇メートルの広島市立袋町《ふくろまち》国民学校では多くの児童が朝礼を終え、建物疎開の片付け作業に取りかかろうとしていた。

その時、遅刻をしているにもかかわらず、校門前で悠々と空を見上げてＢ29の機影をさがしている子どもがいた。友田典弘《つねひろ》（当時四年生）である。典弘は、遅刻を咎《とが》める上級生の手をふりほどき、地下の下足箱へ直行し、片付け作業をさぼって教室へ向かおうとした。

片方の靴を履き替え、もう一方の靴に手をかけたその時、閃光《せんこう》と轟音《ごうおん》と爆風がほぼ同時にやってきた。典弘は吹き飛ばされ、コンクリートの壁のかどに激しく腰を打ちつけた。

しかし、地下であったため、強烈な熱線は遮《さえぎ》られ、爆風も地上と比較すればかなり軽減されていた。

ともかく、典弘は生き残った。だが、この瞬間から孤児となった。

市街地を見下ろす比治山《ひじやま》に逃れ、飲まず食わずで三日間を過ごし、その後、母親を探して市街中心部をさまよった。だれも、優しく声をかけてくれる人はいなかった。

途方に暮れていたとき、偶然出会ったのが自宅二階に間借りしていた金山三郎《かなやまさぶろう》だった。金山は「典《つね》ちゃん、よう生きとった」と手を取りなぐさめてくれた。

小さなバラックで、金山と二人きりの生活が始まった。金山は友人の助けを借りて食料を調達し、典弘に食べさせた。焼け野原の広島にあって大人の保護の有無は、子どもにとって生死を分けた。金山は典弘にとって文字通り命の恩人であった。

しかし、金山は朝鮮半島出身で、故郷へ帰る決心をしていた。頼るあてのない典弘は、自分も連れて行ってほしいと願った。とうとう金山は典弘を連れて、朝鮮半島に渡った。こうして、日本の統治から解放されて間もない朝鮮半島に、一人の日本人の子どもが向かうことになった。

言葉も分からない土地で、金山の家族らとの生活が始まった。金山は「なぜ日本人の子どもを連れてきたたか」と責められた。金山は最後まで優しかったが、居心地のよい家庭生活は望むべくもなかった。やがて家を飛び出した。

食料は自分で調達するしかなかった。ソウルの冬は厳しく、凍傷に苦しんだ。空腹に耐えかねて漢江《ハンガン》の水を飲んだこともあった。

朝鮮戦争中最大の悲劇のひとつである漢江大橋爆破は、典弘の寝ている場所から目と鼻の先で起きた。人々が逃げ惑うなか、「また、戦争か」と思いながら、最前線の中を一人でさまよい続けた。砲弾がすぐ近くに落ちたこともあった。

朝鮮戦争の前線は、北緯三八度線を皮切りに南へ北へとめまぐるしく動くが、典弘の頭上を計四度通過した。その都度、北朝鮮軍、米軍（国連軍）、韓国軍、中国共産党軍の兵士たちと、なにがしかの接触をおこなった。食料をもらう交渉をしたこともあった。

家を出て約四年、典弘はほぼ全ての期間を一人で暮らした。市場のすみで生きていく術を得て、自らの生命力で生き抜いた。だが、忘れてはならないのは、市場に集う人々の情の厚さである。朝鮮の人々の情の厚さに助けられて、典弘は生き延び、やがて職を得て、そして、日本に帰ることができた。


淡々として多くを語らない友田さんだが、「よく死ななかったものだよ」とは本人の偽らざる弁である。

二〇一九年八月現在、爆心地五〇〇メートル以内で被爆した方で、生存されている方は友田さんを含めて九人である。あの日、爆心直下を目撃した人の中では、最年少であり、まさに最後の証言者と言っていい。

また、朝鮮戦争の前線をくぐり抜け、証言できる日本人は、おそらく友田さんただ一人ではないだろうか。

原爆と朝鮮戦争についての貴重な証言記録として、また、広島に生まれ過酷な運命を背負わされた少年のドキュメンタリーとしてぜひ本書におつきあいいただきたい。

目次／原爆と朝鮮戦争を生き延びた孤児

第4章　朝鮮戦争の中で　83

第5章　仕事　109

章扉イラスト　菊地雅志

第1章　原爆孤児に

広島市に生まれる

友田典弘《つねひろ》は、一九三五年（昭和一〇年）一二月六日、広島市大手町五丁目（現中区大手町三丁目）に生まれた。生家は、現在の平和記念公園の南側に接する平和大通りを東に向かい、元安川《もとやすがわ》にかかる平和大橋を渡ってすぐのところにあった。ＮＨＫ広島放送センタービルの正面あたりである。

父多市《たいち》は呉《くれ》の海軍に勤務、母タツヨは洋服の仕立てをするなどしていて、比較的裕福な家だった。

国民学校に入る前、近所の幼稚園に通っていたときに、母親から「戦争が始まったよ」と教えられた。それがどういう意味をもつのか、考えたことはなかったし、こわいとも思わなかった。この戦争が、その後の典弘の生涯を波乱に満ちたものにすることなど、誰も考える由もなかった。

国民学校二年生（七歳）の夏、父親が病死した。何の病気だったか子どもの典弘には分からなかったが、府中の病院に入院していて、母親だけがたびたび見舞いに行っていた。自分や弟が見舞いに行くことはなかった。その日、典弘が学校から帰ると、座敷の真ん中に父の遺体が

生家があった場所は平和大通りの植え込みとなっている。
樹木の向こうは元安川をはさんで平和公園。

あった。親族が大勢来ていて家の中が慌《あわ》ただしかった。母親が白い布をめくって、顔を見せてくれた。典弘は特段の感情がわき起こったわけではなく、一連の儀式をすませる中で子どもなりに父の死を受け入れた。

墓は広島市内の寺の境内にあった。一五年以上墓参がなければ、墓石は処分されることになっていて、それから十数年後に典弘が日本に帰国したときには、父の墓はすでになかった。

母タツヨは、典弘と二歳年下の弟幸生《ゆきお》の二人を女手一つで育てることになった。しかし、母親は仕立ての仕事を順調にしており、生活に窮することはなかった。むしろ、革の靴を履いたり、当時では珍しい子ども用の自転車を買ってもらったりと、裕福な暮らしをしていたと言っていい。学校の制服は、兄弟とも母親が仕立てた上等なものを着ていた。

子どものころの服は全て母親の手作りだった。母は二人の子どもに愛情をたくさん注いで育てた。（提供／友田典弘）

自転車は典弘が特にねだったわけでもないが、母親が買い与えた。典弘は大いに喜んだ。自転車に乗る練習は、母親がつきあった。転びそうになる自転車の荷台を持って、一緒に走った。

学校から帰ると、よく母親と弟と三人で元安川に行きボートを漕《こ》いだ。母親がオールの動かし方を教えた。典弘にとっては、幼少期の平和な時間を象徴する大切な記憶である。

この頃の自宅は、大きな家だったが、建物疎開（空襲による火災の延焼を防ぐため計画的に建物を撤去すること）の対象とされた。

典弘にとって、家が倒された時の印象は強い。二本の太いロープを二ヶ所の柱にくくりつけ、一本に二〇人ずつ、合わせて四〇人くらいの人がつかまっていっせいに引っ張るのである。あっという間に家は倒され

母タツヨと最後の記念写真
典弘（左）と弟の幸生。この撮影からしばらくして、集団疎開に向かった。（提供／友田典弘）

た。それを遠くから見ていた。

新しい住居は大手町六丁目（現大手町三丁目）で、前の家からは一〇〇メートルほど南へ行ったところであった。一九四五年の春までには転居していたという。

このころ、町では空襲警報がよく鳴るようになったり、広島城の原っぱからサーチライトが夜空を照らしていたりして、子ども心に戦争を強く意識するようになった。

新しい住居は木造二階建てで、借家だったのか持家だったのかなどは今となっては分からないが、立派な家だった。二階には金山三郎《かなやまさぶろう》さんという靴職人が住み込んでいた。金山は優しい人だった。典弘と幸生に一足ずつ靴を作ってくれたこともあった。ときどき母親に「連れて行ってもよろしいか？」と尋ね、許可を得てから、典弘を友人の家に連れて行った。

戦前の元安川　格好の遊び場だった。夏はよく泳いだ。
母親や弟としばしばボートに乗った。（提供／押田学）

一度、広島郊外の八本松《はちほんまつ》（現東広島市）にある友人の家に汽車で行った。そこには父親と典弘より年上の二人の娘がいた。金山とその父親は韓国語でひとしきり話をした。後に典弘がソウルで聞いた話で、上の娘は終戦から朝鮮戦争までの混乱の中で亡くなったという。下の娘とは後にソウルで偶然に出会ったことがあった。

比治山《ひじやま》の下の方にも友人がいて、被爆前に電車で一度だけその家に行った。「金田《かねだ》」と名乗っていた。ここでも金山はひとしきり韓国語で会話をすると、また典弘を連れて帰っていった。この家の妻は月に二度ほど大手町の金山の部屋まで来て、その度に、典弘を「坊ちゃん」と呼んでかわいがってくれた。この金田が被爆後の金山と典弘の行動に大きな影響を与えることになった。

集団疎開

一九四五年三月になって、広島市は学童疎開を決定した。袋町《ふくろまち》国民学校でも、まず田舎に親類縁者のあるものは縁故疎開をさせ、その他の児童は集団疎開をさせた。市内に残るいわゆる「残留組」もいた。集団疎開の対象は三年生から六年生までで、学区を東西南北の四地区に分け地区ごとに同じ寺院に疎開させる方針をとった（袋町尋常高等小学校昭和15年入学同期会編《へん》纂《さん》『ふくろまち』―疎開児童・教師からの伝言―二〇〇二・四・一〇より）。

広島県双三《ふたみ》郡《ぐん》川西村《かわにしむら》（現 三次《みよし》市三若《みわか》町）の善立寺《ぜんりゅうじ》で集団生活をすることになった。袋町小学校資料館保存の資料（袋町小学校平和学習推進委員会編『袋町国民学校 学童疎開に関する資料 昭和20年の記録』二〇〇四・一〇・二五）によれば、三年生から六年生までの男子四六名と女子二八名の計七四名が、善立寺にて同時期に集団疎開を行っていることが分かる。その名簿の中に「反田典弘　大手町（六）」という記載があった（「友」と「反」の転記ミスと思われる）。

善立寺本堂はかなり広いが、男女七四人の児童が生活するのは、かなり窮屈だったはずである。善立寺疎開者の記録（前掲『ふくろまち』）には、朝夕お経を唱えたこと、境内の庭を畑にしてサツマイモを植えたこと、田植えをしてヒルにかまれたこと、よく泣いていた児童がいた

現在の善立寺（三次市三若町）　ここで集団疎開生活を送った。疎開生活をしていた児童の多くが孤児となった。

こと、シラミがわいたこと、五人の児童が脱走して帰ってこなかったこと、近所の食糧倉庫に盗みに入ったこと、食糧が足りずいつもひもじい思いをしていたことなど、厳しい疎開生活の様子が記されている。イナゴやカエル、ドジョウなどを食べたことも書かれている。

典弘は、四月からではなく、かなり暑くなった頃（七月頃か）に、一五人くらいの集団で善立寺に向かった。寺の周囲の田んぼは、すでに稲が大きく背丈を伸ばしていて、イナゴが飛びまわっていた。

典弘は、毎朝、ぞうきんで廊下を拭いた。もう一つ強烈な記憶として残っているのは、鉄板の上に油をしいてイナゴを炒めているのを見たことである。

比較的裕福な生活を送っていた典弘にとっては、この生活は耐えがたいものだった。中でもイナゴは見た

善立寺本堂内部　ここに74人の児童が寝起きした。典弘が到着したときにはすでに多くの児童が生活していた。

だけでも気持ちが悪く、一度も口にすることはできなかった。

典弘は、そこで「おなかが痛い」と訴え続けた。体調が悪そうに見せかけた。結局、母親が迎えにきて広島に戻ることになった。

数日して迎えに来た母親は、特に何を言うこともなく典弘を連れ帰った。汽車の中でも特に話すこともなく広島に戻った。これにより八月六日を広島で迎えることになった。布団などの荷物は善立寺に残したままではなかったかという。

三次に留まって集団疎開を続けていたならば、原爆に遭遇することはなかった。しかし、広島に帰っていたからこそ、八月六日のその日まで母や弟と一緒に過ごすことができた。

脱走した児童５人が、峠を越えて、広島へ帰って行った。５人のその後の消息は分からない。広島とは直線距離で約50km 離れている。

疎開児童のその後

ところで、集団疎開を続けていた児童たちのその後はどうだったか。袋町小は学区内に原爆ドームがある。まさに爆心直下の小学校区である。児童の住居はことごとく壊滅した。

その日、三次付近からでも、異様な爆発音が聞こえたという。また、山に焚《た》き木《ぎ》集めに出た人が「広島の方角の空が異様な状態であった」と語ったという。その日の午後あたりから、広島が壊滅したという情報が入ってきた。児童たちの不安はいかばかりであったか。

前掲『ふくろまち』では、編纂に当たって、昭和15年入学同期生（終戦時六年生）に対しアンケート調査を行っている。九五通送付して四一通の回答があった。うち、被爆により父親が死亡・不明と回答した者は二二名（五四％）、母親が死亡・不明と回答した者は二一名（五一％）であった。これは、家族で疎開していた者等も含めたアンケートのため、集団疎開者の両親に限れば、死亡した割合はこれよりもかなり高いと考えられる。袋町小は、爆心地から四五〇メートル余りの地点にあるが、爆心地から一・二キロメートルにいた人は、その日のうちにほぼ五〇％が死亡した（広島市HP）。

典弘も孤児となったが、袋町小から集団疎開をした多くの子どもたちが、両親の最後の様子を全く知ることなく、突然孤児となった。親類が引き取りに来ることもあったが、教師に伴われて親類の家に行き、家に居させてくれるよう、子ども自ら手を合わせ拝むように「お願いします、お願いします」と懇願することもあった。現住職の話では、善立寺では四人の児童が一〇月になっても引き取り手が現れず、村の家の養女になるなどしたという。

八月六日の朝

集団疎開から帰ると、再び母子三人の生活が始まった。

疎開に行かなかった「残留組」の児童は、これまで通り袋町国民学校に通っていたので、それに合流し典弘も再び自宅から学校へ通う生活になった。

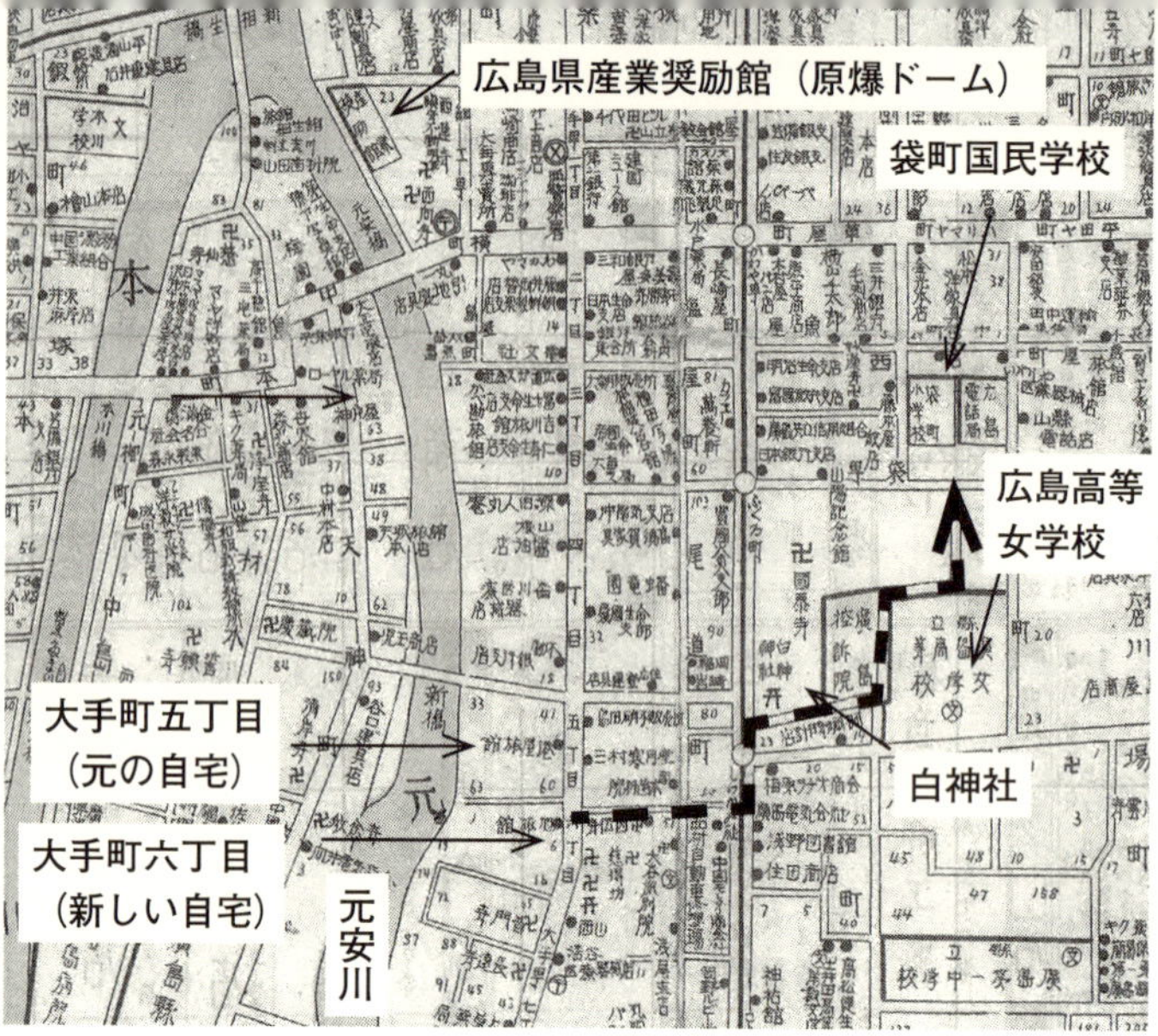

友田さんの住んでいた広島。点線は通学路。（『大日本職業別明細図　廣島市』１９３９年発行　東京交通社　広島市公文書館所蔵）

学校までの通学路は、家から電車通りまで東進し、白神社《しらかみしゃ》の前で電車通りを渡り、広島高等女学校の横を通って北上する道だった。走って行けばものの五分もあれば着く距離である。

八月六日。その日は朝から晴天で暑かった。八時過ぎに弟と一緒に家を出た。二人とも「行ってきます」と言い、いつものように母親は「気をつけて」と言った。遅刻しそうではあったが、走ることはなかった。最初は弟の幸生と石蹴りなどをしながら歩いた。その後も二人で話をすることもなくゆっくり歩いて学校に向かった。

学校の前まで来ると、ブルンブルンという飛行機の音が聞こえた。立ち止まって空を見上げたが、何も見えなかった。その間に弟は校門をくぐっていた。しばらく上を見たまま飛行機を探していると、「班長」の

旧袋町国民学校玄関　現在は地下を含む校舎の一部が保存され
平和資料館となっている。典弘はこの玄関から地下へ向かった。

六年生男子二名が、「早く来い」と典弘に向かって言った。そして、典弘の右腕をつかみ、「なぜ、遅れた」と詰問した。運動場ではすでに朝礼が終わろうとしていた。弟の幸生は、正直にそのまま運動場に向かって行った。

「うるさい」といって六年生の腕をふりほどいた典弘は、このまま運動場に行けば先生に叱《しか》られるだけだと考え、普段は通らない正面玄関（現在の袋町小原爆資料館入り口）から、土足のまま廊下に進入し、階段を降りて地下の下足箱へ向かった。下足箱で上履きに履き替えたら、朝礼やその後の建物疎開の片付け作業には出ず、そのまま教室に向かおうと考えていたのだ。典弘は当時の自分を振り返って「ゴン太」（やんちゃな子ども）だったという。結果的にそのやんちゃな行動が命を救った。

旧袋町国民学校地下　被爆した場所。爆風に飛ばされ腰を強打した。1982年に我が子を連れて訪れた時の写真。（提供／友田典弘）

自分の下足箱の前に着いたのが、八時一五分頃だったということであろう。下足箱のすぐ左脇には、東向きに開け放たれた出入り口があった。そこを出ると北向きと南向きの二本の階段があり、運動場とつながるようになっていた。それが典弘が本来降りてくるべき階段だった。

下足箱の廊下を挟んだ反対側には、ガラス戸を隔てて地下の教室（「手工教室」）があり、そこは明かり採りの窓が地上を向いていた。つまり、典弘のいた位置は地下ではあったが、決して密閉された空間ではなかったのだ。

この場所は、三五年あまり後に典弘が自身の子ども二人を連れて袋町小を訪れたときの写真によって特定できるのだが、現在は埋められている。袋町小資料館となっている地下の南側の壁の少し奥にあたる。

同じ地下室で、被爆当時を再現する友田さん。実際にいた場所は写真奥の壁の少し向こうにあたるが、現在は埋められている。

片方の靴を履き替え、もう一方の靴を脱ぐために片足をあげたときに突然、ピカッと光った。目の前が真っ白になった。そしてほとんど同時に爆風がきた。何が起きたかは分からなかった。「熱さ」を感じることはなかった。ただ驚くばかりで、声を出すこともなかった。

地下ではあったが、閃光《せんこう》も爆風も容赦なく典弘をおそった。ガラスが一斉に割れ、周囲が真っ暗になるほど砂ぼこりが舞い上がった。典弘は数メートル吹き飛ばされ、出入り口のかどに腰を打ちつけた。足にはガラスの破片がささった。破片は後に韓国で体外に出た。二十歳《はたち》の頃、右足ふくらはぎの横に異物を感じ、もんでいるとガラスが皮膚を突き破って出てたので取り除いた。原爆のときのものだとすぐに分かった。

背骨はずれた状態になり、それは今も後遺症となっている。

典弘はしばらく倒れていたが、気がついたときには、まだ周囲に砂ぼこりが充満していた。次第にそれがおさまって、辺りが見えてきた。すると同級生の嵐貞夫《あらしさだお》くんがいた。嵐は階段の手すりの壁にひっついていた。嵐は典弘と机を並べて勉強していた級友で、よく一緒に遊ぶ仲間だった。おとなしい性格で、周囲から意地悪をされることがあったため、先生が典弘を横に座らせガード役にさせるなどしていた。

実は同じ地下に二学年下の太田睛《ひとみ》くんもいたのだが、それは数十年後に分かったことで、その時二人は気付いていなかった。

また、すぐ上の一階職員室には坪田省三《つぼたしょうぞう》教頭が生存していたが、同じく気づくことはなかった。坪田教頭は、重傷を負った小林哲一校長（後日死亡）を助けながら校舎を出たが、そのとき校庭は夜明けぐらいの明るさだったという。また、真っ黒になった裸の児童が倒れていて、動くものは誰もいなかったと証言している（袋町小創立百周年記念誌『ふくろまち』より）。

当時の袋町国民学校の児童数は八八六人で、そのうち五九六人は集団疎開をしていたとされる。この日、袋町国民学校で犠牲になった児童・教職員は、約一六〇人とみられている。

図　原爆からの距離

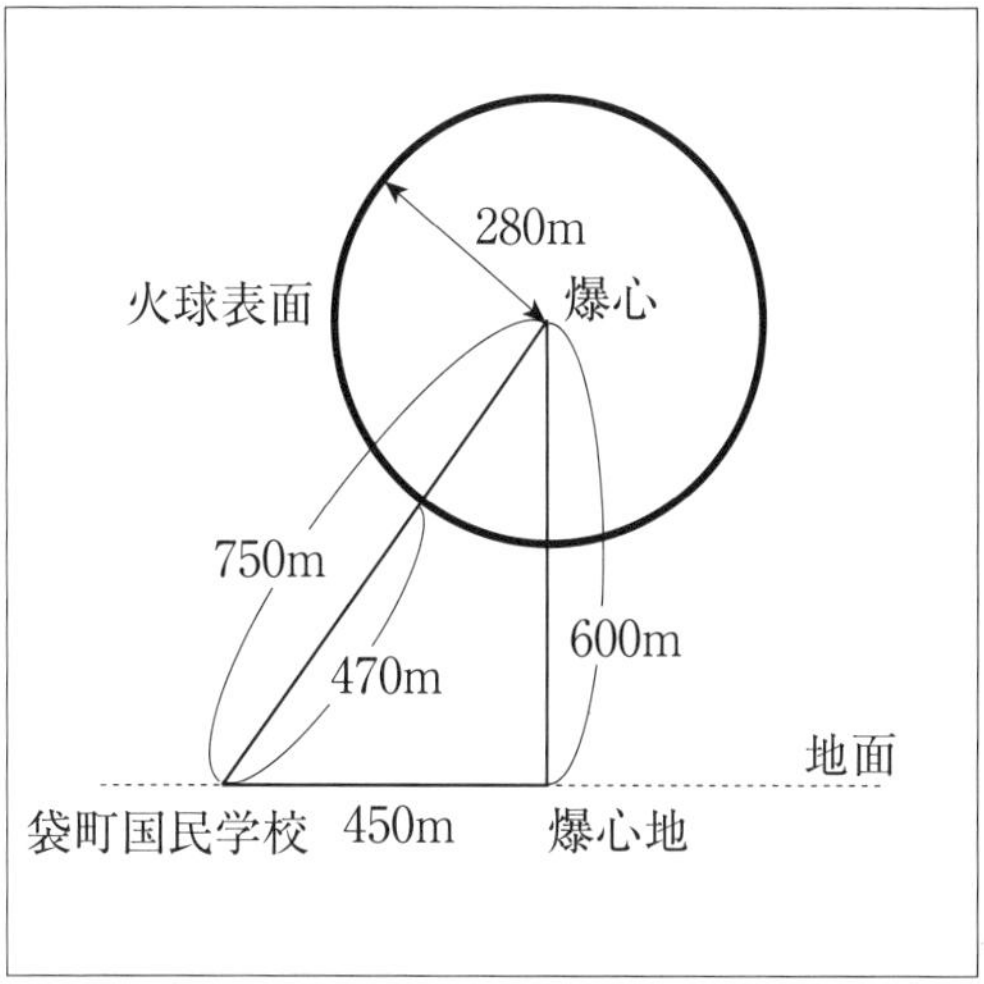

熱線

原子爆弾は地上六〇〇メートルの高さで爆発した。爆発の瞬間、空中に火球が発生し、一秒後には直径二八〇メートルの大きさになり、約一〇秒間輝いた。

火球から放出された熱線は、爆発後約三秒間地上に強い影響を与えた。爆心地周辺の地上の温度は摂氏三〇〇〇～四〇〇〇度に達した。

これは、爆心地から六〇〇メートル以内にあった屋根瓦の表面を溶かしてブツブツの泡状にし、三キロメートル以内の電柱、樹木を黒焦げにするほどの熱である。

熱線の直射を受けた人々は重度のやけどを負い、死亡する人も多かった。やけどは熱線に直面していた部分にのみ生じていた（広島平和記念資料館『図録　ヒロシマを世界に』２０１７年８月発行より）。

友田さんがいた袋町国民学校の地下は、爆心地から約四五〇メートルのところにある。計算上、高さ六〇〇メートルの爆心までの距離は七五〇メートル、火球の表面までの距離は四七〇メートルということになる。

結果的に袋町国民学校では、地下にいた児童三名と、鉄筋コンクリートの校舎一階部分にいた教頭一名のみが生存することができた。友田さんは「目の前が真っ白になるくらい」の閃光に襲われたが、熱さを感じることはなかったという。

爆風

原子爆弾の爆発の瞬間、爆発点のまわりの空気は急激に膨張して衝撃波が発生し、その後を追って強烈な爆風が吹き抜けた。

衝撃波は、爆発の約一〇秒後には、約三・七キロメートル先まで達していた。その圧力は、爆心地から五〇〇メートルのところで一平方メートルあたり一九トンに達するという強大なものだった（前掲『図録 ヒロシマを世界に』より）。

爆風は最大風速四四〇メートル／秒にも達した。爆心地から半径二キロメートル以内の地域では、爆風により木造家屋はほとんどが倒壊し、鉄筋コンクリート造の建物も、窓は全部吹き飛ばされた（広島市HPより）。

友田さんは、地下にいたが上部に明かり採りの窓があったり、開口部もあったりしたため、猛烈な爆風に襲われ、体を吹き飛ばされて腰を強打した。また、ガラスの破片が足に刺さり、二〇歳になるまで、体内にとどまった。

比治山《ひじやま》へ

典弘たちはしばらく地下にいた。その間何もしゃべった記憶がない。何か爆弾が落ちたとは思っていたが、どんなものか想像もしなかった。

三〇分くらいして、上履きに履き替えていた片方の靴を再び外履きに履き替え、嵐と手をつないで運動場につながる階段を昇った。昇りきると、目を疑う光景があった。

運動場全体に黒焦げの死体が無数に転がっていた。ついさっきまで、朝礼のために多くの児童（典弘の記憶で「一五〇人くらい」）が集まっていたが、誰一人生きているものはいなかった。みな口を開け、ただ歯だけが異様に白く光って見えた。手足は硬直し、一〇本の指は何かをつかむように曲がっていた。

二人は怖くて何もしゃべることができなかった。典弘は、階段を昇ったあたりで弟の幸生の

袋町国民学校　被爆後、この校舎は避難場所や救護所となった。
（1945年10月７日　撮影／菊池俊吉　提供／田子はるみ）

死体を確認した。黒焦げにはなっていたが、姿格好で幸生だとすぐにわかった。右足の靴が焼け残っていて、甲の部分を見ると母親の字で「友田」と書かれてあった。「ごめんね」とひとことだけ言って、その場を去った。

典弘たちのいた校舎は鉄筋だったので残っていたが、木造校舎は吹き飛ばされ跡形もなかった。それまで見ることのなかった遠くの山なみが見えた。

煙と臭いで気分が悪かった。二人は、何が起きたのか理解できなかったが、何だろうと考える余裕もなかった。自分の家や母親のことを考えることもなかった。目の前のこと以外を考えることはなかった。

運動場を東へ横切ると、五、六人の大人が比治山の方へ向かうのでついて行った。学校を出てすぐの女学校の前では、倒れた門柱に押しつぶされて死んでいる

袋町国民学校（1945年10月７日　撮影／菊池俊吉　提供／田子はるみ）

生徒を見た。歩いている間、何を見ても声を出すことなくずっと黙っていた。

打ちつけた腰は、痛みを感じることがなかった。典弘と嵐の二人は、しばらく行動を共にした。道は瓦礫《がれき》でふさがれていたため、それを乗り越えながら進んだ。周囲は火災が起きているわけではなかったが、あちらこちらから煙が出ていた。市内の火災は、午前一〇時くらいから激しくなった。

いたる所に黒焦げの死体が転がっていた。中には白骨がむき出しのものもあった。その数は、何十人見たか分からないくらいであった。

鶴見橋をわたって比治山の手前の電車通りまで来ると、これから登ろうとする坂の上から顔に大やけどを負い、衣服がぼろぼろになった十代半ばくらいの女の人が歩いて下りてきた。両手の皮がむけて皮膚が指先

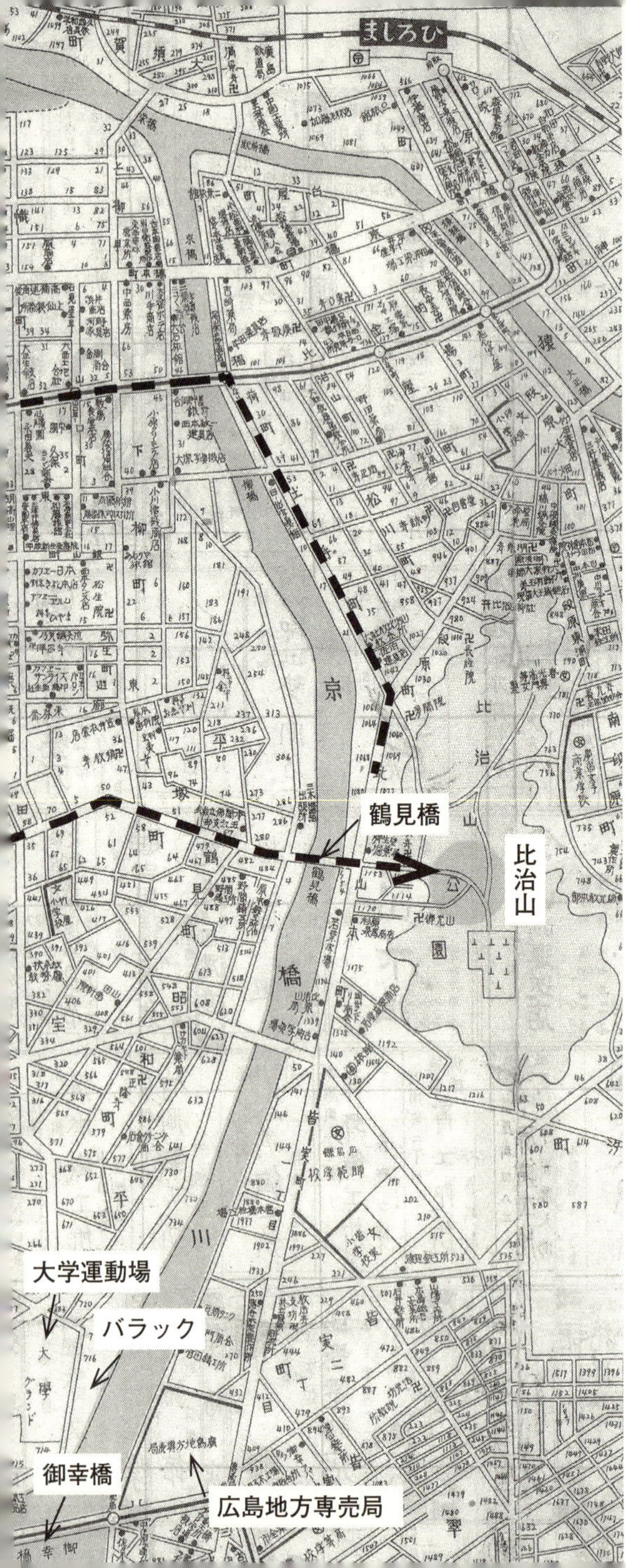

広島市内（『大日本職業別明細図　廣島市』１９３９年発行　東京交通社　広島市公文書館所蔵）点線は、友田さんが歩いたと思われるところ。

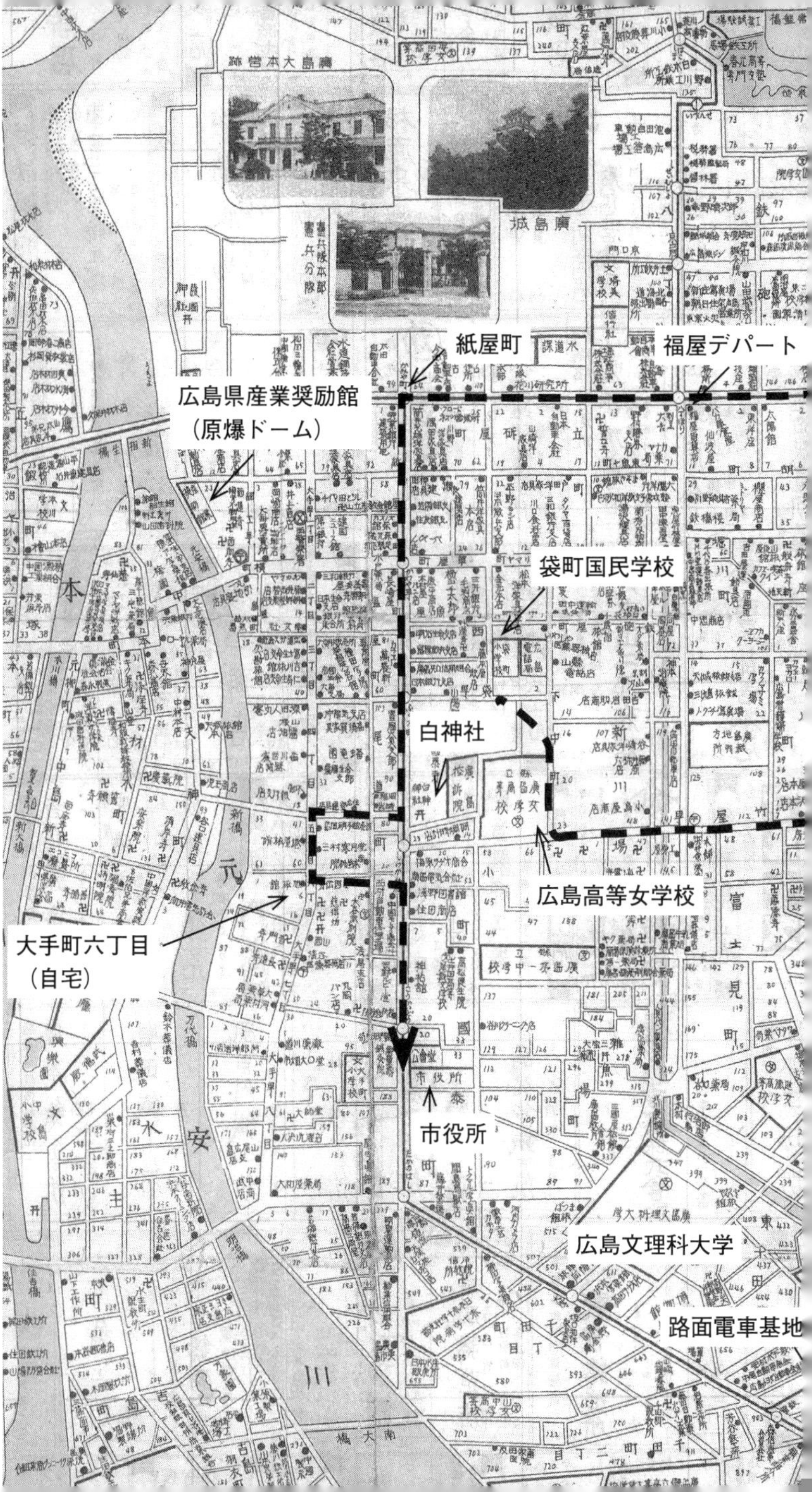
紙屋町
福屋デパート
広島県産業奨励館
（原爆ドーム）
袋町国民学校
白神社
広島高等女学校
大手町六丁目
（自宅）
市役所
広島文理科大学
路面電車基地

比治山から見た広島市の中央部　右上建物は福屋デパート。
（撮影／川本俊雄　提供／川本祥雄）

からぶら下がっていた。女は典弘のすぐ横を通り過ぎていった。

振り返って、しばらくその人を見ていた。気がつくと嵐が隣にいなかった。典弘と嵐は、それきり離ればなれになってしまった。嵐と別れたが、特に慌《あわ》てることもなく、さがすこともしなかった。

一人になった典弘は、比治山の中腹へ登った。現在、段原《だんばら》へ向かうトンネルの真上付近である。着いたころは昼頃だった。

市内を見ると、煙がもうもうと立ち上っていた。人が焼ける臭いだと思うが、とにかく臭いで気分が悪かった。夕方頃、雨が降ったが、それが黒い雨だったかどうかは分からない。

夜は空がオレンジ色に染まっていた。

比治山では、神社（友田さんは、そう記憶している。筆者が本人と共に現地を訪れたが、それがどこであるか確認できなかった）の向かいにあった、防空壕《ごう》のような洞窟《どうくつ》にいた。三日間、飲まず食わずでそこにじっとすることになった。水を飲むと死ぬと言われていたので、水も飲まなかった。広島の街が燃え続けているのをただじっと眺めるしかなかった。周囲には大勢の人がいたが、知った人はいない。一人でじっとしているしかなかった。

翌日、火災はおさまっていたが、煙はまだ立ち昇っていた。周囲の人は、服はボロボロで、やけどを負った人が多かった。典弘は誰とも話すことなく、ただ一人でじっとしていた。周りの人が爆弾のことを「ピカドン」と言っているのを聞いた。三晩その場所ですごした。

三日目の朝、起きると体がふらついていた。そこに陸軍の兵士が二人通りかかった。兵士はとくに何か言葉をかけてくれるわけでも、どこに救助を求めるよう忠告するわけでもなかったが、自分の携行食の中から紙袋に入った十個ほどの乾パンをくれた。そして、肩にかけていた水筒の水も飲ませてくれた。典弘は「ありがとう」と言ったが、二人の兵士は何も言わずに立ち去った。乾パンを食べて少し元気になった。これがおそらく八月九日の朝のことである。

火災

原爆投下後、中心部がすぐに大火災になったわけではなかった。強烈な熱線で自然発火したものや、倒れた家屋の台所の火気などを原因として、徐々に火の手が上がった。広島市内は午前一〇時から午後二時～三時頃をピークに、終日燃え続けた。この結果、爆心地から半径二キロメートル以内の地域はことごとく消失した。

友田さんは、火がくすぶり、煙があがる中を、がれきをかき分けて比治山まで歩いた。比治山に着いて、市内を見下ろすともうもうと火災が起きていた。夜は空がオレンジ色に染まっていたという。

放射線

放射線の障害は、爆心地からの距離やさえぎるものの有無によってその程度が大きく異なっている。爆発後一分以内に放射された初期放射線によって、爆心地から一キロメートル以内にいた人は致命的な影響を受け、その多くは数日のうちに死亡した。また、救護活動のため入市した人々の中には、残留放射線の影響で発病したり、死亡した人が多かった。

友田さんは、爆発後「三〇分くらい」地下にとどまっていたため、初期放射線を浴びずにすんだ可能性がある。また、家族を探しに中心部に行ったが、比治山で三日間とどまった後であったことから、残留放射線の影響が比較的少なかった可能性がある。

半径五〇〇メートル以内の生存者

広島大学の鎌田七男名誉教授らが行った研究によると、爆心地より五〇〇メートル以内の被爆生存者は、一九七二年時点で七八名だった。そして、二〇一九年八月時点では九名である。爆心地五〇〇メートル以内での死亡率は九八％ともいわれている。生き残った人は堅牢な鉄筋コンクリートのビルや地下室、満員の電車内などにいたため、熱線や致死量の放射線を浴びずにすんだ人たちばかりだ。

焼け跡の我が家へ

久しぶりに食料を得て、少し元気を取り戻した典弘は、二日ぶりに我が家へ向かった。しかし、がれきで道がふさがれていたため、遠回りをして主に電車通りの広い道を進んだ。福屋デパートの横を通って、紙屋町まで行き、そこから南へ進路を変え、大手町の自宅へ向かった。産業奨励館の屋根が骨だけになっている姿も見た。

被爆した福屋デパート　この写真が撮られた翌日に、この建物の横を通り、紙屋町で左に折れ自宅のあった大手町へ向かった。（撮影／岸田貢宜　提供／岸田哲平）

途中、いたる所に死体が転がっているのを見た。黒焦げの死体が多かったが、そうでないものもあった。

広島駅の前の方では、子どもを抱いたまま死んでいる親子を見た。二人とも黒焦げの状態だった。

紙屋町では、女の人が一〇人くらいだったろうか、かたまって死んでいるのを見た。すべて黒焦げの状態だった。電車を待っていた人かもしれない。

元安川には、体がパンパンにふくれた死体がたくさん浮いていた。川の真ん中辺りだけ水が流れ、あとは水面が見えないほど死体に埋めつくされていた。みなうつぶせで、長い髪の毛を漂わせているものもあり不気味に感じた。

白神社のあたりの電車通りでは、リンゴ箱の中に小さな子どもの遺体が入っているのを見た。このときは、軍隊は見ていない。死体を片付ける様子も見ていない。何か話したり、話しかけられたりすることは一度もなかった。

案の定、我が家はがれきと化していて全く形をとどめていなかった。母親の行方は全くわからないままだった。ただ、母親に買ってもらった自転車が、さびたような色になりフレームだけになって残っていた。典弘が家で確認できたものはそれだけだった。

市役所へ

典弘は自宅のあった場所から、南へたどり市役所へ向かった。市役所の一階のフロアには、遺体がずらりと並べられていた。六〇～七〇人くらいだったろうか。やけどを負っている人が多かったが、みな服は着ていた。典弘はすでに死体を見慣れていて、特段怖いと感じることはなくなっていた。

周囲に役所の人も、医師もいなかった。

そのまま、市役所で夜をむかえた。避難していた人が五〇人くらいいたが、だれも典弘に声をかけるものはいなかったし、自分から声をかけることもなかった。見知らぬ避難者の群れにまぎれ、遺体のすぐ前で一晩寝た。ぐっすりは寝られなかった。夜は火の玉を見た。目の前を赤い火の玉が通り、表へ出ていった。このときはさすがに怖かった。

翌朝、八時頃だろうか、市役所の前にトラックが来た。木製の平たい箱におにぎりが入っていて、それをトラックの上から係の人が二個ずつ配りはじめた。係の人は何も言わずに配り、典弘も何も言わずに受け取った。係の人は軍人ではなかった。

典弘はうれしいとか、助かったなどという感情を抱く余裕がなかった。ただ、おにぎりを口に入れ、飲み込み、それを栄養に次の行動に移った。おいしいと感じることさえなかった。

被爆後の市役所

広島市役所は、爆心地から一〇二〇メートル地点にあり、爆風によって内部は無茶苦茶になった。当初は火災にならなかったが、午前一〇時過ぎ、周囲の火災によって庁舎も類焼し、午後三時頃まで燃え続けた。七日になっても地下室の倉庫などがくすぶっていたため、余熱で入ることはできなかった。

八日になるとようやく庁舎内に入れるようになり、焼けて床がデコボコになった戸籍課と会

被爆した広島市役所　爆心地より1020m。救護所、遺体安置所、配給食糧倉庫となった。入り口を入ってすぐ右の場所で一晩過ごした。翌朝、この建物の前で金山と再会する。庁舎は1985年まで利用された。（撮影／米国戦略爆撃調査団　所蔵／米国国立公文書館）

写真右上に袋町国民学校　運動場を挟んだ手前側が電話局。写真上の左から2つめの建物が市役所。（撮影／林重男　提供／広島平和記念資料館）

計課を救護所として使用し、床に荒ムシロを敷いて三〇人ばかり収容した。毎日、四、五人ずつ死んでいき、四、五人ずつ収容されたという。

食料の配給は、宇品《うじな》の機甲訓練所のトラックや呉市からの応援トラックを使っておこなわれた。七日の朝には救援のにぎり飯が到着し、トラックで配給が始まった。市は空襲の際などの対策として、万一の際には周辺の郡から救援を受ける協定があり、三日間、毎日必要数量のにぎり飯やタマネギ・カボチャなどの野菜類を広島市へ配給し、後で精算支払いをすることになっていた。しかし、配給は三日間をこえ、十日間に及んだ。

宇品までトラックを取りに行き、配給を実

際におこなったのが、後に市長となる浜井信三《はまいしんぞう》（配給課長）である。浜井は八日晩から、かろうじて焼け残った庁舎の部屋に泊まり込んで配給をおこなった（『広島原爆戦災史 第三巻』より）。

浜井は後に友田さんが帰国したときに、仕事につくための保証人になった人物である。友田さんが、市役所で過ごしたのは、九日の晩から一〇日の朝と考えられる。トラックの上から友田さんににぎり飯を渡した人物も、もしかすると浜井だったかもしれない。

金山との再会

おにぎりを食べてから、市役所の前で思いがけない人と再会した。金山さんだった。

「典《つね》ちゃん、よう生きとった」と言い、両手で手を握ってくれた。

金山はまず、典弘を広島駅の北にある母方の祖母の所へ連れて行った。昼過ぎくらいにはついた。祖母はそのとき一人でいた。原爆の被害を受けているわけではなかった。典弘は、祖母はともかくその家の親戚《しんせき》が好きではなかった。この家に住むのなら、一人でいる方がいいとも考えていた。

金山と祖母はしばらく話をしていたが、それを典弘は聞かなかった。祖母は典弘に対し特に

御幸橋　爆風で欄干が倒れたままとなっている。
（撮影／岸本吉太　提供／岸本坦）

話しかけるわけでもなく、典弘も話しかけることもなかった。

そして、そのまま金山とともにその場を去った。典弘は金山と一緒に過ごすことを望んだ。

金山は典弘をつれて御幸橋《みゆきばし》の方へ向かった。どこを通ったか記憶にないが、路面電車の基地の東側に広島文理科大学（後の広島大学）の運動場（現在は公園になっている）があり、その東側のコンクリート塀のところまでやってきた。目の前は京橋川《きょうばしがわ》で、向こう岸は専売公社（現在はショッピングモール「ゆめタウン」）が見える位置だった。

そこにバラックが六、七軒並んでいた。そのうちの一軒には金山の友人がいた。その人が紹介してくれたのか、一つ空いたバラックがあって、そこに金山とともに「入居」した。

御幸橋近くのバラックがあった場所　目の前に京橋川が見えていた。現在は住宅地に囲まれている。８月９日前後から９月17日まですごした。

バラックは地面にレンガブロックのようなものを置き、その上に板を渡して畳を敷いていた。背後の壁はコンクリート塀を利用し、前側は扉の代わりに叺《かます》（むしろを二つ折りにして縁を縫《ぬ》い合わせ袋状にしたもの）をぶら下げていた。

金山は典弘を自分の子どものようにかわいがってくれ、典弘は一緒にいられることがうれしかった。夜は金山に抱かれるようにして寝た。

共同でドラム缶の風呂も作った。子ども三、四人で薪集めをした。しかし、典弘はその風呂に入ることはなかった。とくに入る必要を感じていなかった。

共同の便所も作られた。下にためるものがあって、ときどき川にでも捨てていたのであろう。

子どもは近所に五、六人いたが、一緒に遊ぶことはなかった。金山も昼は仕事もなく、バラックにいることが多かったが、時折、御幸橋を渡って仲間の住むところに出かけ、食料を調達してきた。また、金山の友達家族がバラックを訪れることもあった。

金山は常に優しかったが、一緒に遊んでくれるようなことはなかった。典弘は京橋川のほとりに行き、いつも一人で石を投げて遊んでいた。

塀を隔てた文理科大の運動場では、毎日死体の焼却が続けられていた。臭くはなかった。怖いとは感じたが、しばらくすると、どうってことはないと思うようになっていた。

終戦は近所の大人たちが話しているのを聞いて知った。それで特別な感情が起きることはなかった。

金山と典弘は、約一ヶ月間そのバラックで生活した。

枕崎《まくらざき》台風の日

そして、ある日、典弘にとって突然の転機が訪れた。金山は典弘をつれて、御幸橋のたもとにある交番に行った。金山は警官に、自分は朝鮮に帰るのだがこの子をどうすればいいだろうかと尋ねた。典弘はそのとき初めてその事実を知った。

警官は、金山に対し「日本人の子どもなら日本に置いていけ」と話した。しかし、保護しよ

鶴見橋　枕崎台風の暴風雨の中、欄干につかまりながら橋を渡った。被爆直後、比治山に逃れるときもこの橋を通った。熱線により欄干に火がついたが消し止められたという。爆心地より1690m。（撮影／米国戦略爆撃調査団　所蔵／米国国立公文書館）

うとするわけではなかった。典弘に対しては、朝鮮について行ってはいけないとだけ言った。

典弘はこの警官の話を聞いて急に心配になった。金山なしの生活などもはや考えることはできなかった。金山がいつ朝鮮行きを計画したのかは分からないが、典弘にとっては全く降ってわいた話であった。

典弘は金山が、突然いなくなるのではないかとおびえた。典弘は自分を連れて行ってほしいと思い続けたが、口に出して言うことはなかった。ただ、金山にしがみつくようになっていた。用を足すのにもくっついて行くほどだった。典弘はその時、朝鮮がどこにあるかも知らず、陸続きのどこかの町のようにしか考えていなかった。

翌日、広島に台風がやって来た。すでにバラックの周辺は水浸しになっていた。金山は典弘を連れてバラックを出た。外に出るとすぐにずぶ濡《ぬ》れになるほどの大雨が降っていた。京橋川の土手を北上し、鶴見橋を渡った。橋を渡るとき、典弘は金山のベルトを強く握っていた。金山は欄干をつかみながら歩いた。そうしないと吹き飛ばされるほどの大風だった。

ようやくたどり着いた先は、比治山の麓《ふもと》の金田の家だった。金田夫妻はずぶ濡れになった典弘をいたわり、息子のお古の半袖シャツと半ズボンを与えた。

その後、典弘のいる前で、金田夫妻と金山が話し始めた。金田の妻は、金山に典弘を朝鮮に連れて行くべきだと話した。そして、典弘には、金山について行くように話した。その夜は、暴風雨の中、金田の家に泊まった。

このときの台風が後に枕崎台風といわれるものである。広島に大被害があったのは九月一七日のことである。台風は原爆の被害に追い打ちをかけるように、広島のまちを襲った。広島県内だけで死者・行方不明者は二〇〇〇人を超えた。

台風のなか、金山は典弘を朝鮮に連れて行く決心をした。

第2章　韓国での生活

韓国へ

翌朝（友田さんはそう記憶している）、金山《かなやま》と典弘《つねひろ》は、広島駅から山陽線の貨車に乗って、下関《しものせき》の方へ向かった。広島駅は焼けて真っ黒になっていた。牛や馬を運ぶような貨車で、戸口は開け放たれたまま走った。

ただし、佐伯郡大野町《さえきぐんおおのちょう》（現・廿日市市《はつかいちし》）で、台風により山陽線を乗り越える大規模な土石流が発生したため、出発は復旧を待ってからだった可能性がある。

服装は金田がくれた半袖・半ズボンだった。靴も金田がくれた。

典弘は、金山について行くしかないと思っていた。ただ、それだけの感情しか持ち合わせていなかった。ついて行ったらどうなるのだろうという心配や、広島を離れることのさびしさなどという感情はなかった。ただ、どこかにお母さんが生きている、そういう思いだけは持っていた。

その時の感情について、友田さんは、「子どもだから、何も考えなかったよ」「『朝鮮』ということは聞いていたけど、朝鮮がどこにあるかも分からなかったからなあ」と語る。

港に着くと、朝鮮に向かう連絡船は沖合の方に係留されていた。煙突が二つある大きな船だ

広島駅　駅舎は全焼、屋根も崩壊、多数の死傷者を出した。しかし、8月9日には山陽線、芸備線が開通し、10日には駅事務所がバラックで急造された。（撮影／米国戦略爆撃調査団　所蔵／米国国立公文書館）

った。そこまで、三〇人ずつくらい小型の船に乗って移動して乗りこんだ。

船内はすでに朝鮮に帰ろうとする人々でいっぱいだった。日本語は全く聞こえてこなかった。やっと祖国へ帰れると喜ぶ人々が、うれしそうに大きな声で笑い合っていた。しかし、典弘は金山から日本語をしゃべることを禁じられていた。韓国語で「お父さん」を意味する「アボジ」としか言ってはいけないと言われた。

船は甲板から船底まで超満員で、居場所を確保できたのは船底のエンジン近くの一角だった。油で汚れた床の上に、板が敷かれていて、その上にやっと足を伸ばすことができた。周囲には朝鮮人が四〇～五〇人くらいいただろうか。円い窓がいくつか見えた。

やがて、イカリを繋《つな》ぐ大きな鎖が、巻き上げられていくところを見た。夕方の五時頃だったろうか、船は出航した。暑くてあまり眠れなかった。油の臭いとけたたましいエンジン音のなかで、典弘は次第に孤独感と不安を増大させていった。エンジン音が大きかったせいで、話し声を聞かれる心配がなかったので、話をすることができた。金山さんは優しく、いろいろと気遣ってくれた。食べるものも飲む物も持っていなかったが、お腹が空《す》いたとは思っていなかった。

翌朝、船は釜山《プサン》に着いた。典弘は金山のベルトを握《にぎ》り、「アボジ、アボジ」と言っていた。釜山港では、折り返しの便で帰国しようとする何百人もの日本人が、船を待っていた。韓国の警察官とアメリカの憲兵（ＭＰ）が大勢いた。

釜山駅から汽車に乗った。これも貨物列車だった。金山が典弘の体を持ち上げて、貨車に乗せてくれた。二枚の扉がついた貨車だったが、開け放したまま走った。貨車の中は人でいっぱいだった。木の板の上に座って足を伸ばし、壁にもたれかかっていた。

どこに着くのかも、いつ着くのかも知らなかった。金山は常に優しく、典弘に対し、何か怒ったりするようなことは全くなかった。だが、人前では決してしゃべることはなかった。

興安丸 (7,079トン , 全長124m)　1937年に関釜連絡船として就航。戦後は、大陸からの引き揚げと朝鮮人の送還に活躍。朝鮮戦争時は国連軍の輸送にも動員された。

何度か、走る貨車の上から、金山に体を持ってもらい、外に向けて小用を足した。

汽車は、ほぼ一日走り続けた。貨車の中ではよく眠れなかった。どこに着くんだろうと思っていた。次の日の朝、ソウル駅の少し手前の永登浦《ヨンドゥンポ》駅に着き、そこで降りた。他にも多くの人が降りた。

駅から金山の横をついて歩いた。迷うことなく数百メートルほど歩いて、すぐに金山の兄家族が住む家に着いた。

ここまで、広島を出る時から何も食べていなかった。だが、お腹が空《す》いたとも思っていなかった。

仙崎港《せんざきこう》と興安丸《こうあんまる》

友田さんは、釜山に渡った時の港について、「下関だったか、門司《もじ》だったか」と記憶が曖昧《あいまい》である。

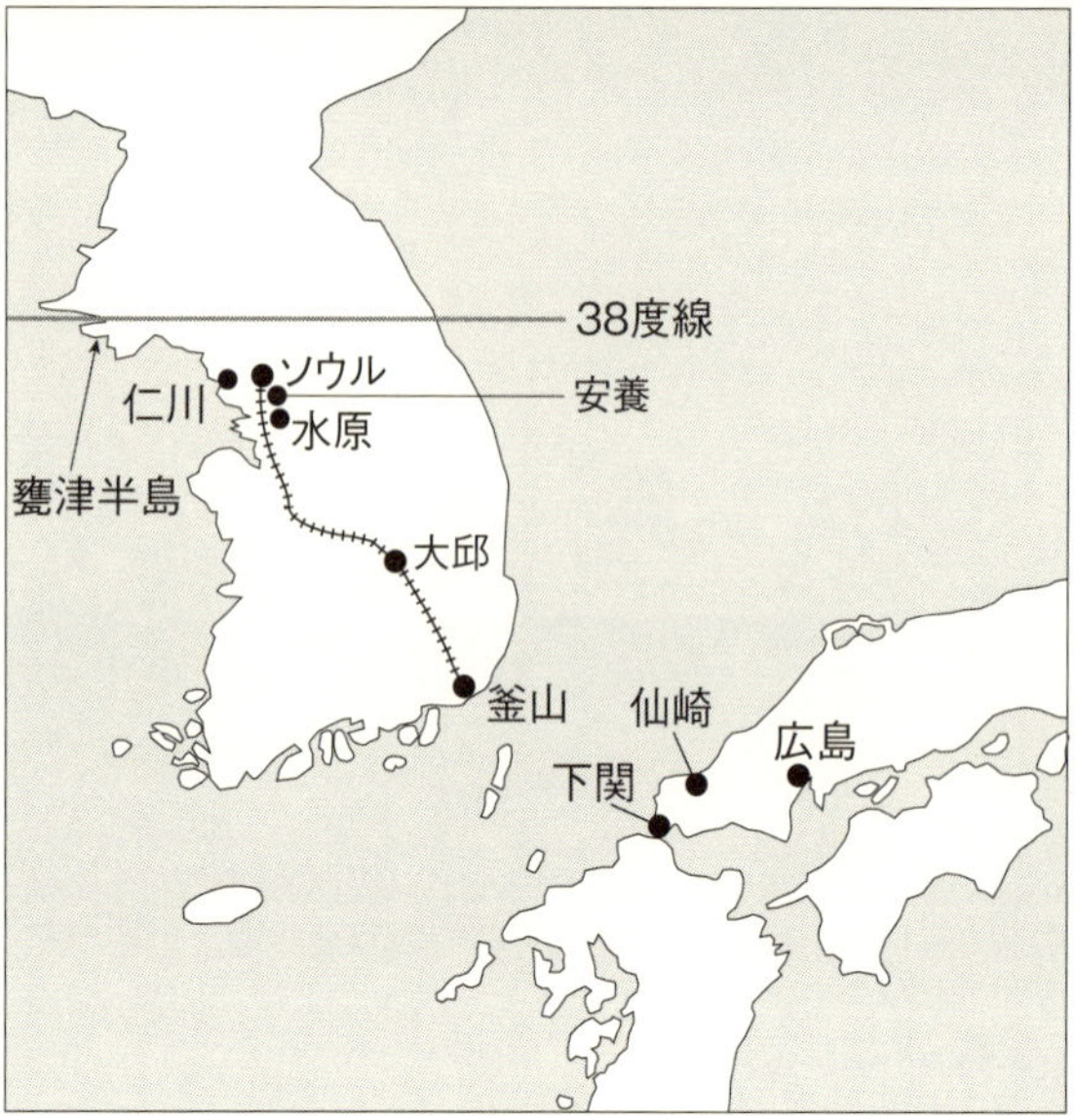

広島から釜山、ソウルへ

しかし、当時関門海峡は、沈没船やアメリカ軍が敷《ふ》設《せつ》した機雷のために航行が危険とされ、下関と門司は港湾としての機能を失っていた。そのため、臨時的な措置として仙崎港（現山口県長門《ながと》市）が「引揚港」として指定された。ところが、仙崎港には大型船が接岸することができず、乗客の乗り降りのために、岸壁からタグボートや漁船が行き来した。このことは友田さんの証言と一致することから、友田さんが釜山行きの船に乗った場所は仙崎港であると思われる。

一九四五年九月二日、興安丸（七〇〇〇トン）が、定員一七五〇人のところに七〇〇〇人を乗せて初めて仙崎港に入港。以来、興安丸は一日おきに入港し、釜山との間を往復した。

一九四六年末に仙崎港が引揚港としての役割を終えるまでに上陸した人は、軍人が一一万人、一般人が三〇万人に上った。反対に仙崎港からは、朝鮮半島に帰国する人々が乗りこんだ。その数は三四万人に上った。

仙崎港の警備には、ニュージーランド兵があたっていた。彼らは、船を下りる日本人たちは疲れ果てた顔をしていたが、対照的に朝鮮半島に帰る朝鮮の人々は賑《にぎ》やかで楽しそうであった、と証言している。

金山の兄の家

金山の兄の家は、永登浦の中心部から五〇〇メートルくらい離れていた。周囲はほとんど畑で、家の後ろには堤防があった。一〇〇メートルほど東に行くと汝矣島《ヨイド》飛行場があった。飛行場は日本軍が使っていたもので、日本が武装解除してからは使用していなかった。飛行場には機体に「愛国」と書かれた、翼が二枚の黄色い飛行機が一機だけ置いてあった。飛ぶところはその後も見ることはなかった。

金山の兄は、金山より五歳くらい年上だった。兄は典弘を見るなり「この子は誰だ」と言った。兄の妻と二〇歳くらいの一人息子が、「なぜ日本人なんか連れてきたのか」と金山を責めた。むろん、朝鮮語のやりとりはこの時の典弘には理解できないが、状況からすぐに分かった。

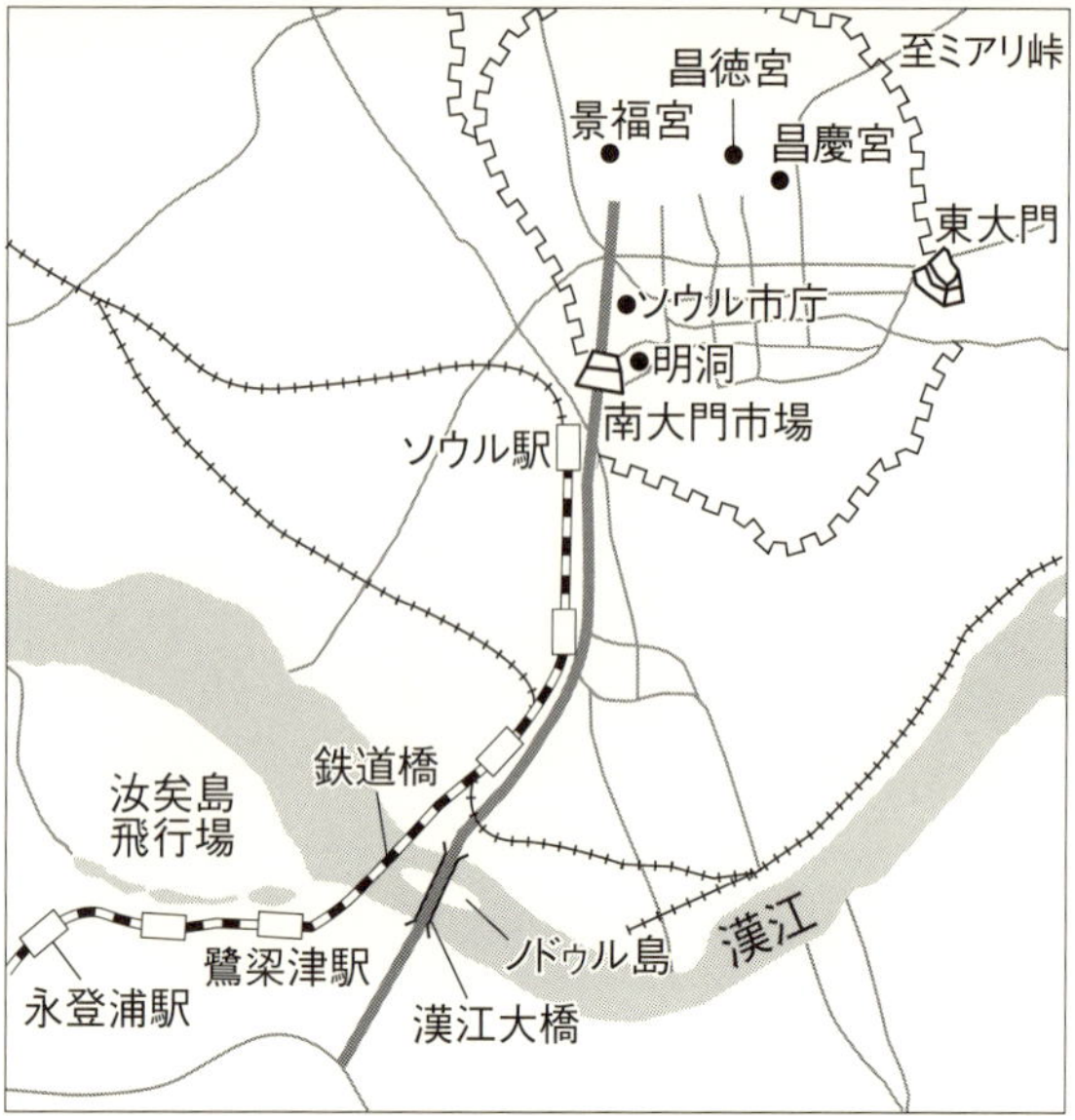

ソウル市街

その後も典弘を連れて帰ってきたことに、不満を述べていることは明らかだった。ただ、金山の兄はすぐに事情を理解して、優しく接してくれた。だが、金山の甥《おい》に当たる息子は、何かを言い続けた。金山は、甥の頬を平手で叩《たた》いた。甥は黙っていた。

朝鮮戦争が終わってから典弘が聞いた話では、この甥は、北朝鮮が攻めてきたとき、大勢の人とマンホールの中に隠れていたのだが、子どもが泣き出し、北朝鮮兵に気付かれたため、そこから急に飛び出し、「大韓民国万歳《テハンミングクマンセー》」と叫んだところを、北朝鮮軍に撃たれて死んだという。朝鮮戦争が終わってから、パン屋に勤めるようになって、近所でこの話を聞いた。

金山の兄の家は決して裕福な家庭ではなかった。食事はご飯と味噌汁《みそしる》と塩味のついた菜っ葉があったくらいで、肉や魚を食べることはなかった。ご飯は五人で

当時の朝鮮の一般的な民家　写真は景福宮内に移築されたもの。どの家もオンドルがあった。

食べることが多かったが、兄の妻は食事中もにらみつけてくるなど、典弘に対しきつくあたった。

長い日本統治時代が終わったばかりのソウルでは、市をあげて日本人を一掃しようとしていた。典弘は学校へも行かず、家の中でじっとして過ごすしかなかった。手伝いをすることもなかった。韓国の警察が日本人はいないかと見回りに来ていた。

朝鮮にいた日本人

日本の敗戦が決まったとき、朝鮮にはおよそ七〇万人の日本人が住んでいた。日本人は人口において三％にすぎなかったが、商工業、金融、教育など社会の枢要な地位をほぼ独占していた。

ところが、敗戦後は日本人と朝鮮人の立場が逆転し、日本人は報復や治安の悪化を恐れ、緊張状態に陥った。

民家の内　小さな中庭があって、周囲に小さな部屋があった。
典弘は、三畳あまりの小さな部屋で、金山とともに寝た。

しかし、三八度線以南においては、組織的な報復・虐待などはなく比較的治安は安定していた。そこで、日本人の中には、長年築きあげてきた財産を手放すことへのためらいや、混乱する日本国内への不安などから、引揚げをせずに残留する意向を示すものも多かった。

だが、九月一四日にトルーマン大統領が「朝鮮に滞在する日本人は放逐《ほうちく》する」と述べると、アメリカ軍の指揮の下、日本人の帰還が徹底されるようになった。友田さんがソウルで生活し始めたのは、まさにこの時期にあたる。

ソウルでのくらし

日用品は、金山が新しいものを買ってくれた。黒いゴムの靴や、新しい半袖シャツや半ズボンなども買ってもらった。

金山やその兄は優しくしてくれたが、家族みんなで笑い合うようなことはなかった。典弘は、三畳か四畳程度の小さな部屋で生活し、夜は金山と二人で薄い布団を並べて寝た。金山は、日本のときと同じように靴づくりをしていた。

金山の兄も優しい人だった。勤め人で、永登浦駅からソウル市街へ汽車で通勤する生活をしていた。典弘は、夕方雨が降ると、傘を持って金山の兄を迎えに行った。兄の息子は、鉄道関係の仕事で、点検・整備や修理の仕事をしていた。

金山の兄は、一ヶ月ほどしてから典弘に金炯仁《キムヒヨンジニ》という韓国名をつけた。それ以来、典弘はヒョンジニとよばれるようになった。

同じく一ヶ月ほどたったときだった。三八度線の北か南かははっきりしないが、「ハンエドオンジン」(と金山が言っていた)に金山の母親が住んでいて、金山が一人で会いに行くことになった。典弘には、「ここにいるように」と言った。仁川《インチヨン》から船に乗って行った。荷物はほとんど持っていなかった。

今となってはどの島かを特定することはできないが、ソウルから北西の黄海に突き出た甕津《オンジン》半島の周囲の島ではないかと考えられる。いずれにしても朝鮮戦争停戦後は北朝鮮の領域である。

金山がいない家は、それまで以上に奥さんの目つきが厳しく居づらかった。典弘は、金山がもう帰ってこないのではないかと思った。だから、一週間ほどして戻ってきたとき、とくに何か言葉をかけてもらったわけではないが、ほっとしたし嬉《うれ》しかった。

戻ってきた金山に、典弘は「ここにいるのはいやだ。この家を出よう」と言った。

金山は「もうちょっと待ってくれ。もう少しすると結婚するから、そうしたら三人で住もう」と言った。おそらく母親には結婚することを告げに行ったのだろうと思った。

一ヶ月たった頃からは、外で遊ぶようになったが、近所の子からは「チョッパリ」（日本人の蔑称《べっしょう》）と言っていじめられた。一度、三つくらい年上の子どもに、背中を強く叩かれたことがあった。そうすると金山の兄の妻が、典弘を引っ張って、相手の家に行き、抗議をしたことがあった。相手の母親が謝っていた。典弘はそれを黙って聞いていた。少しずつ近所に遊び友達ができた。

三八度線で分断された朝鮮半島

太平洋戦争末期、日本を降伏させるために全力をあげていたアメリカは、朝鮮半島に関して、ほとんど関心を払うことがなく、占領に積極的な意欲を見せることはなかった。ただ、朝鮮半

島における日本軍の武装解除をどうするかということだけが問題とされていた。

一方、ソ連は帝政ロシア時代から朝鮮半島に強い関心を持ち続けていた。特にスターリンは、自国の周辺に衛星国を配置することに執着していて、アメリカが日本との戦争に没頭している間、着々と朝鮮半島統治に向けた準備を進めていた。

実際、ソ連軍は一九四五年八月八日に対日宣戦布告をすると、一三日には朝鮮北部東海岸の清津《チョンジン》に上陸。八月一五日に日本が降伏すると、二四日には平壌《ピョンヤン》に進駐し、二六日には北緯三八度線以北をすべて制圧して日本軍の武装解除を完了するという、まさに電光石火の占領劇をなし遂げた。

三八度線でソ連軍が留まったのは、アメリカが日本軍の武装解除の管轄区域を、三八度線を境に北をソ連軍、南をアメリカ軍が担当するという案を英中ソ三国に伝えていたからだ。これは日本が思ったよりも早くポツダム宣言を受諾する姿勢を見せたため急遽《きゅうきょ》決まった案で、「三八度線」にはさしたる根拠はなく、海軍少将が「このあたりで」と地図を指さしたことがもとだった。アメリカにはそれ以北を管轄するだけの軍の余力も意欲もなかった。

ソ連はさらに南下を求めてくると考えていたが、あっさり従ったのでこれには国務次官が驚いたほどだった。結果的にこの案にしたがって朝鮮の分割統治がおこなわれ、それが朝鮮戦争の悲劇と今に続く民族の分断へとつながった。

アメリカ軍は、マッカーサーの指揮のもと九月八日になってようやく仁川に上陸し、三八度線以南の軍政を開始した。しかし、アメリカは南朝鮮の統治についてはほとんど準備をしていなかった。

友田さんが、朝鮮半島に渡ったのは、広島を枕崎台風が襲った九月一七日の直後で、南北の分断統治が始まった直後だった。釜山に着いたときには、腕章をつけた米軍のMP（憲兵）を多数見ている。

金山の出身地は、現在の北朝鮮西部の甕津《オンジン》半島周辺の島（三八度線の北か南かは不明）と考えられる。帰国後、金山は兄の住むソウルの永登浦に身を寄せたが、もし、実家の母親の元に帰っていたら、朝鮮戦争休戦後には軍事境界線の北側に属したため、典弘は帰国を果たせなくなっていた可能性が高い。

金山の結婚

それから二年ほどたって、金山は結婚した。結婚して金山の兄の家を出ることは嬉しかった。結婚式も挙げたが、典弘が式に呼ばれることはなかった。金山の妻が家に初めてやって来て会ったときにもほとんど話すことはなかった。

結婚を機に近所に引っ越しをして、夫婦と三人で住むことになった。四畳半一間の借家だった。三人で枕を並べて一緒に寝た。妻の実家は一キロか二キロメートル程度離れたところにあった。父母と妹が三人、弟が一人いた。何回か遊びに行ったこともあったし、妻の妹が遊びに来たこともあった。妻は三〇歳くらいで、きつい顔をしていたが、きれいな人だった。服装もきれいだった。

金山は、典弘に「オモニ」（お母さん）と呼ぶように言った。とくに抵抗もなく「オモニ」と呼ぶようになった。

食事は麦と米をまぜて炊いたもので、麦の方が多かった。ご飯はよそってくれたが、贅沢《ぜいたく》なものは何もなかった。おかわりをすることはなかった。大根の葉っぱを湯がいて、塩味で食べた。三人とも同じものを食べていた。豆腐のかすを一緒に炊いて食べていた。

洗濯はしてもらった。

このころ、典弘が勉強に興味があったわけではなかったが、金山の勧めで永登浦にある中学校へ行くことになった。まだ、できて間もない学校だった。金山は、典弘を学校に行かせるために、その学校の教師と相談をしていた。地方から出てきているために、ソウルの言葉がしゃべれないということにして通うことになった。

しかし、全く韓国語がしゃべれないので、すぐに日本人ということがばれて、「チョッパリ」(日本人を蔑《さげす》む言葉)と言っていじめられた。かなりやり返したが、面白くなくて一週間でやめてしまった。代わりに金山が数字や時計の読み方などを教えた。典弘は、広島にいたときも戦争一色で、学校でもあまり勉強した記憶がない。学ぶ機会を奪われ続けた。

最初は金山の奥さんも優しかった。しかし、だんだん典弘にきつくあたるようになった。ほとんど会話することもなかった。飛行場の近くへ行き、タンポポを採って食べたりした。一年ほどすると金山夫婦に子どもができた。赤ちゃんをだっこしたり、おむつを乾かす手伝いなどもしたが、赤ちゃんがかわいいなどと思ったりはしていない。子どもができると、奥さんは、あからさまに「他で食べさせてもらえ」と言うようになった。居場所がなくなった典弘は徐々に家を出る決意を固めていた。永登浦の市場周辺には、いわゆる浮浪児が多くいた。典弘は、彼らがどういうふうに生活をしているのかを、よく観察していた。

二つの国家誕生へ

ソ連は、三八度線以北で日本軍の武装解除を終わらせると、またたく間に共産党組織と行政

金日成（左）は「国土完整」、李承晩は「北進統一」を唱えて、武力による朝鮮半島統一をめざした。ソ連は北朝鮮に大量の武器を供給していたが、アメリカは韓国に小規模な軍事顧問団を置くのみで、李承晩には軍事的な裏付けがなかった。

組織を整え、衛星国化を進めた。また、地主らの土地を取り上げて人民に解放し、ソ連軍を「解放の英雄」と思い込ませることに成功した。そして、一九四五年一〇月一四日には、ソ連軍で工作員として訓練を受けてきた金成柱《キムソンジュ》を平壌市民の前に登場させ、「抗日の英雄金日成《キムイルソン》将軍」として紹介した。さらに、一九四六年二月には朝鮮民主主義人民共和国政府の前身となる北朝鮮臨時人民委員会を発足させ、金日成をその委員長に据えた。

一方、アメリカ軍の朝鮮占領政策は全くの準備不足で、最初から失敗続きだった。アメリカ軍は日本統治時代の政治的自由を制限する法律をすべて廃止した。その結果、様々な政治団体が結成され、政治闘争が激化した。米軍政に反対するゼネストも頻発し、経済は停滞、物資不足と深刻なインフレが続いた。

米ソ両国による占領当初は、統一国家樹立のための選挙なども模索されたが、米ソの協議は最初からかみ合わず、次第に南北の分断が決定的となっていった。

一九四八年五月、民族主義者や中道勢力がボイコットするなか、南朝鮮単独での総選挙が実施された。その後、初代大統領に李承晩《イスンマン》が選ばれ、同年八月一五日に大韓民国（以下、韓国）の樹立が宣言された。

一方の北朝鮮は一九四八年七月に憲法を制定し、同年九月九日、朝鮮民主主義人民共和国の樹立を宣言し、金日成が首相に任命された。

こうして、朝鮮半島に二つの国家が誕生した。朝鮮民族は、二一〇〇万人の韓国人と九〇〇万人の北朝鮮人民とに分けられることになった。

友田さんが朝鮮半島に渡ったのは一九四五年九月で、二つの国家が成立する一九四八年夏までの間（九歳〜一二歳）は、金山とともに過ごしていた。

当時の政治状況については、子どもだったため知ることはなかった。ただ、物資が不足していることは、子どもなりによく分かっていた。食事といえば、ごはんと味噌汁と菜っ葉くらいで、肉や魚を食べることはなかった。

第3章　再び孤児に

家出

一九四九年の九月頃、典弘が一三歳のときのことだった。

朝の九時半頃、金山が典弘にタバコを買ってくるように頼み、一三〇ウォンをわたした。タバコは一〇〇ウォンである。余った三〇ウォンは小遣《こづか》いとしてやるから、アメでも買って食べればいいと伝えられた。典弘は喜んで二〇〇メートルほど離れたタバコ屋までお遣《つか》いに行った。一〇〇ウォンでタバコを買い、残ったお金で同じ店に売っていたアメを三個買った。丸いアメだった。

アメを食べ終えてから帰宅すると金山はいなかった。かわりに金山の妻が前に立ちはだかり、「おつりは?」と聞いた。典弘は「おつりはないよ」と答えた。それから、金山の妻は典弘がおつりをせしめたと思い、急に興奮して怒り始めた。典弘の胸ぐらをグッとつかみ、たばこ屋まで引っ張っていった。タバコ屋の奥さんに、お金のことを尋ねると、「三〇ウォンでアメを買ったよ」と答えた。金山の妻はますます激高し、「なんでおつりを返さないの!」と叱りつけた。

典弘は「なんで自分の子どもはかわいがるのに、おれには文句ばかり言うんだ!」「なにがオモニだ！」と言い返した。金山の妻は、手を上げそうになった。典弘は叩かれると思って、逃げた。もう、家には帰るまいと思いながら走った。振り返ると、金山の妻は怒りをあらわにして、追いかけてきていた。胸がはだけていたが、それを気にする様子もなく、必死に走っていた。しかし、典弘の方がよほど足は速く、そのまま永登浦市場の方へかけていった。

そして、そのまま天涯孤独の孤児としての生活が始まった。一度だけ気づかれないように家に帰り、干してある毛布をとってきた。したがって、所持品は毛布一枚だけだった。

典弘は、金山ら一家が朝鮮戦争開戦前に母親の住む実家に帰ったということを、休戦後に人づてに聞いた。金山は帰る前に典弘を探してまわったが、結局見つけ出すことができず、あきらめて夫婦と子どもの三人で帰ったということだった。母親の家は軍事境界線よりも北の地域であり、家出をしていなければ、北朝鮮に留め置かれた可能性が高い。

一人きりの生活

永登浦市場周辺には、多くの浮浪児がいた。家を持たない大人もいた。

典弘は、まず、畑で大根を抜いて闇市場に持って行き、食料と交換してもらった。店の主人の中には、「畑で大根を取ってくるのはやめなさい」と諭すものもいた。そこで、屋台の主人

当時の市場の写真　典弘は露店の主人とかけあい、水汲みなどをする代わりに食料を得た。（Korea & Japan, 1949-1950　NorbFaye から）

にかけあい、バケツを持って井戸に行き手押しポンプで水を汲み、それを店まで運んでは、その報酬として食料を分けてもらった。食料はご飯、キムチ、肉などもあった。また、屋台の台をふいたり、周囲を掃除したりして食料をもらうこともあった。

もし、一度でも盗みを働いてしまうと、その周辺では相手にしてもらえなくなってしまう。典弘は、屋台の主人に気に入られる方法を考え、何らかの労働の対価として食料を得る方法を考えた。まじめにやっていると、市場の人は信用をしてくれた。あからさまに、孤児たちをいやがる人はいなかった。

典弘は、靴磨きをして、わずかな報酬をもらうこともあった。新聞配達をしたこともあった。ただ、同じような子どもが多かったので、満足いくほどの報酬を得ることはなかった。

旧ソウル駅舎（現在は文化会館）　正面入り口を入って、右奥の壁にもたれて眠った。雑踏の絶えない駅だった。1925年に京城駅として建てられた。

永登浦から漢江大橋を渡り、ソウル駅や南大門《ナンデムン》市場、明洞《ミョンドン》などにも行き、同じ方法で食料を得た。

ソウル市内には闇市が多かった。闇市では時々「MPが来た」という声がして、それを合図に店の人は一斉に商品を隠した。

典弘は、たいてい市場のすみの人目につかない場所や、駅の待合、地下道などをねぐらにした。なかでも、ソウル駅の駅舎はよく利用した。

やがて、漢江大橋の南側のたもとの鷺梁津《ノリャンジン》地区を拠点とするようになった。鷺梁津は酒を出す屋台や女性のいる店が多く、よく食料をもらうことができた。鷺梁津には同じような境遇の子どもが二〇～三〇人くらいはいた。みんなばらばらで行動していたが、ときに仲良くなったり、あるいはけんかをしたりということがあった。

現在の永登浦市場　当時とは全く変わっている。この周辺で屋台の主人らにかけあい、水汲みや掃除などをする代わりに食料を得た。

金山の家を出て一ヶ月くらいたった頃（一九四九年一〇月頃か）、典弘は孤児を収容する施設に入れられたことがあった。トラックの荷台に七人くらい乗せられ、火葬場の向かいの施設に収容された。小屋のようなところに四〇人くらい子どもがいた。ベッドが置いてあってそこで寝起きした。施設でも食べ物は少なかった。

典弘は、子ども同士の間で仲間に入れてもらえず、だんだん面白くないと思うようになった。しばらくして脱走した。逃げるときは三人だったが、施設を出るとすぐにバラバラになった。典弘にとっては、市場周辺で自由に暮らす方がよほどよかった。そのときはすぐにソウル駅へ向かった。

家出をしてから二ヶ月くらいたった頃（一一月頃か）、典弘は市場で知り合った孤児とトウモロコシを炊いて食べたのだが、腹を壊し、体調を悪くした。二人とも栄養失調になっていた。熱を出して体が弱っていたときに、韓国軍の赤十字のマークをつけたトラックが来て、二人を収容していった。東大門《トンデムン》の近くの大きな病院に入院した。病院の窓から李承晩大統領の住むところが見えるところだった。

しばらくして、もう一人の子は病院で亡くなった。典弘が病院でその子としゃべることはなかった。とくに驚くこともなく、動揺することもなかった。

病院では食事が与えられ、典弘は元気になった。風呂には入っていないが、体を自分で拭《ふ》き、看護婦さんに爪を切ってもらうなどして、ある程度清潔になった。

元気になると病院内をうろうろして暇をもてあました。そのまま正月がきた。病院には瀕死《ひんし》の状態のいろいろな患者がいて、典弘は気持ちが悪いと思っていた。病院にいても面白くないと思うようになり、しばらくして、やはりそこを抜け出した。守衛の横を黙ってすり抜け、街に出た。そして、また、鷺梁津の方へと向かった。

病院を出てしばらくしてから、典弘は外務省に行った。自分は日本人だから、日本に帰してほしいと訴えた。役職の高そうな人が出てきて、話を聞いてくれたが、証明するものはないかと聞かれ、そのようなものを持っているはずもなく、あきらめざるを得なかった。

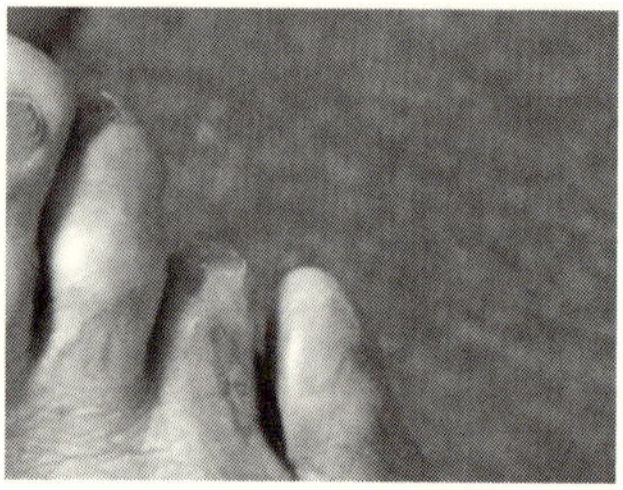

ソウルの冬は－10度を下まわることも珍しくない。凍傷が悪化して足先から壊死し、右足の指先が欠け落ちた。

凍傷

ソウルの冬の気温は、マイナス一〇度を下回ることは珍しくない。マイナス二〇度になることもある。韓国ではオンドルといわれる床暖房で家中を温めるが、典弘はその床の上に布団を敷いて寝る暮らしを夢想した。

典弘は、鷺梁津の市場から道路を一つ隔てた漢江《ハンガン》の土手下をしばらくねぐらにしていた。どぶ川の上に板を渡し、その上に家畜用の牧草や堆肥などを入れる大きな木の箱を置いた。上は蝶番《ちようつがい》のついた蓋《ふた》になっていて、片側を手で開けて上から出入りした。夜露はしのぐことができたし、中にいる間はそれほど寒いと感じることはなかった。毎夜この箱の中で、叺《かます》にくるまって寝た。

誰に助けを求めるわけでもなく、一人で生きた。つらいとかさびしいとかの感情を持つことはなかった。ただ、必ず日本に帰るという気持ちだけは持っていた。

しかし、次第に凍傷が悪化していた。右の太腿《ふともも》や足は黒ずみ、たたくとコンコンと音がするほど固くなっていた。右足の指は感覚がなくなり、壊死《えし》した。やがて、右足の小指と薬指の先が欠け落ちた。驚いたが痛みは感じなかった。

典弘は、しばらく竹の棒を杖《つえ》にして、足を引きずるように歩いた。それでも、つらいとか苦しいとかの感情を持つことはなかった。もはや、それが当たり前の生活だった。

防空壕の共同生活

少し暖かくなった頃（一九五〇年三月頃か）、同じ鷺梁津地区で、漢江大橋のたもとから少し歩いたところに、防空壕《ごう》のような場所を見つけた。そこに、典弘を含め三人の孤児が集まってきて、一緒に生活したことがあった。壕の中は比較的暖かかった。

三人いると誰かが食料を得てきて、それを分け合って食べた。食料は市場の屋台で残ったものが中心だった。用を足すのは、裏の林の中だった。名前も境遇も知らない子どもたちの奇妙な共同生活が始まった。

しかし、しばらくすると、そのうちの一人が体調をくずし、やがて衰弱していった。その子どもは、壕の奥に叺《かます》を敷き、その上に毛布のようなものをかぶって寝転がっていた。自分の境遇についても何も話すことはなかった。「お母さん」とつぶやくこともなかったし、何かが食べたいと言うこともなかった。食事を持ってきても食べることもなく、次第に腹が大きく膨らんでいった。そして、ある朝、典弘らが起きると、その子どもは死んでいた。

残った二人で「もうここにいるのはやめよう」と話し合い、その共同生活は一ヶ月ほどで終わった。典弘には、死んだことが悲しいとか、自分もこうなるのではないかという恐怖はなかった。何かの感情が湧き起こるということがなかった。

鷺梁津から永登浦の市場周辺では、孤児同士で協力することもあれば、けんかをすることもあった。けんかの原因は「どこから来た?」から始まる縄張り争いだった。典弘はやがて、孤児の中のリーダー格になっていた。

ヤンポンニョさんとの出会い

典弘は、永登浦の市場で、闇市の娘キムチェスニと顔見知りになった。年齢は典弘より三つくらい下だった。彼女はいつも明るく典弘に声をかけた。次第に親しくなった。いつも路上に折りたたみ式の脚のついた数十センチメートル角の台を置き、タバコ(ラッキーストライクやキャメル)や缶詰、ドロップスなどを売っていた。どこから手に入れたかは分からないが、ど

３人で暮らした壕の場所　壕の中で名前も素性も知らない子どもどうし３人が１ヶ月間一緒に暮らした。そのうちの一人は衰弱し、やがて亡くなった。

れも、明らかにアメリカ兵が本国から持ってきたものだった。ドルとウォンの闇両替もしていた。

店の向かいに二メートル四方くらいの小さな小屋があり、そこにチェスニの家族五人が暮らしていた。小屋は上下に仕切られ、下に三人、上に二人が寝ていた。身体をかがめなければ入れないほど小さなものだった。風呂や便所もなかった。

ある時、チェスニが用を足しに行く間、「お店を見ていて」と頼まれた。典弘は言われた通り店の番をして待っていた。しばらくして、チェスニが戻ってくると、店はもとのまま、典弘が笑顔で待っていた。このようなことが何回かあって、それから典弘はすっかり信用されるようになり、店の手伝いなどもするようになった。

しばらくすると、チェスニの家族は、向かいの家に引っ越した。六畳一間くらいの部屋が一つあるだけだったが、オンドルのある部屋だった。典弘は、その家の前でよく壁にもたれて寝ていたので、チェスニの母親も典弘のことは知っていた。

ある朝、典弘が家の前で寝ていると、チェスニの弟が寝ている典弘の体をさわりに来た。そして、母親の方に振り向きざま「生きてる！」と叫んだ。道路の真向かいで母親が見ていて、動かないから死んだのではないかという話になったらしい。そんなことがあってから、典弘はチェスニから一緒に生活しないかと誘われた。母親が娘の提案に「かまわないよ」といったようだった。

典弘は母親の厚意に甘えることにした。母親はヤンポンニョ（梁鳳女）と言った（注―韓国では母親の姓が違うことが多い）。このヤンポンニョが、後に典弘が帰国する際にいろいろと手を貸してくれた人物で、典弘にとって韓国での最大の恩人である。その後、紆余《うよ》曲折《きょくせつ》はあったが、ヤンポンニョは、典弘のことを生涯息子と思って接した。

家には、親しくなったチェスニとその姉のキムチェスジ、弟のキムファデ、一番下の弟のキムチェジュニの四人のきょうだいがいた。父親はいなかった。父親は日本統治時代に日本の軍人によって殺されたということを、チェスニの姉から数十年後に聞かされた。

市場の写真　米国の軍人が1949年１月に撮影。朝鮮戦争前のソウル周辺の様子が分かる貴重な写真。ヤンポンニョやチェスニはこのようにしてタバコなどを売っていた。（Korea & Japan, 1949-1950　NorbFaye から）

チェスニは快活で、典弘にいつも親しく話しかけてきた。チェジュニともよく遊んだ。しかし、一番上の姉チェスジと、上の弟ファデとはほとんど話をしなかった。

ヤンポンニョは、典弘を自分の子どもとして迎え入れた。典弘は「オモニ（お母さん）」と呼びたくて、のどまで出かかったが、息子たちがいたため、遠慮してそう呼ぶことはしなかった。

しばらくの間、典弘を含め六人が狭い部屋の中で、肩を寄せ合って寝た。麦ご飯（といってもほとんど米が入っていないのだが）を食べて生活した。

ようやく「家庭」におさまったかと思えた典弘だったが、やはり、自分の居場所ではないように思えてきた。家族の貴重な食料を食べることが、申し訳なく思えた。この家を出て行っても食べていけると思い、結局一週間ほどで家を出た。

そして、再び鷺梁津の漢江大橋のすぐ近くで、野宿をする生活を始めた。

第4章　朝鮮戦争の中で

朝鮮戦争勃発《ぼっぱつ》

ヤンポンニョの家を出てから約一ヶ月、再び漢江《ハンガン》大橋のたもとの鷺梁津《ノリヤンジン》市場をねぐらにして、一人で暮らしていた。そのころの典弘《つねひろ》にとっては、五月から六月の気候は野宿をするのに全く問題がなかった。

そして、一九五〇年六月二八日を迎えた。

朝鮮戦争はその三日前の六月二五日未明に、北朝鮮軍が北緯三八度線を越えて一斉に南に進軍したことから始まった。

韓国軍は不意を突かれて退却を続け、三日後にソウルは陥落した。多くのソウル市民は六月二八日の未明になっても、漢江大橋を渡って南へ逃げていた。

典弘は逃げる市民を横目に、市場で野宿を続けていた。その日は屋台に使う大きな木の板の下で、叺《かます》に入って寝ていた。

突然夜中に、大音響が響き渡った。衝撃で付近のガラスが一斉に割れた。典弘は、びっくりして「何が起きたのだろう」と思った。まわりの人々が騒々しくなった。最初は戦争とは思っていなかったが、大人たちが「戦争が始まった」と騒ぎながら逃げるので、何の戦争だろうと

北朝鮮軍の南進を防ぐため、爆破された漢江大橋。南へ避難する人々で混雑する中で爆破され、500人とも800人以上ともいわれる人々が犠牲になった。

思っていた（後に北朝鮮兵士と遭遇しても、同じ言葉をしゃべっているから、おかしいなと思っていた。まさか同じ国の中で戦争になるとは思っていなかった）。

典弘は、またもや突然戦争に巻き込まれることになり、「また、戦争か」と思ったが、不思議と恐怖心はなかった。「死んだってどうってことない。どうにでもなれ」という思いが強かった。その夜は暗くて何も見えなかったが、ずっと起きていた。

明るくなってから漢江を見に行くと、昨日までたくさんの人でごった返していた漢江大橋が、途中で完全に落ちていた。車が何台か漢江に落ちて沈んでいるのが見えた。死体が浮いている様子は見えなかった。周囲には人はあまりいなかった。

漢江の上流の方を見ると、少し離れたところで、腰のあたりまで水につかって歩いて渡っている人が見えた。向こう岸には、北朝鮮の戦車が四台ほど見えた。周囲に韓国軍の姿は見えなかった。「北の軍隊は一人残らず殺す」という噂《うわさ》が飛び交い、鷺梁津や永登浦《ヨンドウンポ》からも人々が逃げ出した。

典弘は、その日の午前、対岸がよく見える山の上に登った。リアカーが一台通れるくらいの細い道を一人で歩いて登り、ソウル市内の様子を眺めた。

しばらくすると、戦車が対岸から典弘がいる南岸に向け砲撃をしてきた。近いときには五〇〇メートルくらいの距離のところに着弾した。ものすごい音が響き渡り、石が飛び散り、砂煙が高く舞い上がった。それが数回続いた。

目の前の戦闘

それから約一週間、典弘は漢江大橋の近くに留まった。周辺の住民はほとんど避難したが、戦争の様子をずっと眺めていた。

しばらくすると韓国軍が南岸から戦う様子が見られた。典弘は漢江大橋の残っている柱に身を隠し、対岸に向かって銃を撃っているところを、橋の付け根のすぐ横で見ていたこともあった。

銃撃戦は昼も夜も散発的に続いた。昼間は銃声だけがして、どこで鉄砲の弾が行き交ってい

写真奥の鉄道橋から300m くらい手前（現在高速道路が通る）にいたとき、B29による鉄道橋への空爆が始まった。目の前で水柱が上がった。

るか分からないので、怖くはなかった。夜になると赤い光の筋が見えて、怖かった。典弘のいるすぐ近くに飛んでくることもあった。そのときは、ピューン、ピューンという音が聞こえた。

典弘は、しばらく漢江の鉄道橋近くの堤防にいた。漢江大橋が落ちてから数日後、米軍のB29が南側から三機やってきて、鉄道橋を空爆した。これは北朝鮮軍が鉄道橋を利用して南へ来ることを防ぐためだった。爆弾が雨のようにザーッという音をたてて、斜めに降り注いだ。真っ黒な爆弾が無数に落ちてきた。このとき典弘はその鉄道橋からわずか三〇〇メートルほどしか離れていなかった。鉄道橋は、爆弾が命中すると大音響をたて、橋は煙に包まれた。爆弾の破片が周囲に飛び散り、それが典弘のすぐ近くにも飛んできた。近づいてよく見ると、裂けた部分がのこぎりの歯のようにギザギザになっていた。かなり熱をもっていて、手を近づけただけで熱さを感じるほどだった。標的を外れた爆弾はそのまま漢江に落ちて、巨大な水柱がいくつも上がった。その一つは、典弘の目の前五〇メートルくらいでも上がった。

戦闘機による空中戦を見ることもしばしばあった。北朝鮮のソ連製ミグ戦闘機を、アメリカのロッキードP38が機関銃を撃ちながら追いかける様子を見た。ソ連製の戦闘機の方が、スピードが速いように感じた。

朝鮮戦争の開始

一九五〇年六月二五日午前四時、朝鮮半島を南北に分ける三八度線の全線（約二四〇キロメートル）で北朝鮮軍による一斉射撃が始まった。そして、三〇分後には、二四二両ものソ連製T34型戦車を中心にした十数万の大軍が南進を開始した。

迎え撃つはずの韓国軍は、もともと戦車を保有しておらず、しかも、ほとんどの部隊の兵士が休暇・外出中で、警備は極めて手薄であった。したがって、北朝鮮軍の奇襲作戦が完全に的中する形となった。

第二次大戦中、対ドイツ戦で威力を発揮したT34型戦車の能力は高く、韓国軍の持つ火器類

T34型戦車（T34/85）　北朝鮮は242両も有していた。対する韓国軍は戦車を保有していなかった。T34型戦車の圧倒的な攻撃力で、首都ソウルは3日で陥落した。

では全く歯が立たなかった。破竹の勢いで進軍する北朝鮮軍に対し、韓国軍は後退に次ぐ後退を余儀なくされた。

韓国軍はソウル死守の意思を固めていたが、二七日午前一〇時、北朝鮮軍のソウル到達を前にして早々とソウルからの撤退を決断した。

二七日のソウルは、郊外からの避難民と、南へ避難しようとする市民で大混雑となった。特に漢江大橋やソウル駅周辺は大混乱に陥っていた。

北朝鮮の戦車隊は前進を続け、二八日の午前一時頃、ミアリ峠を越えてソウルに突入した。

このころ友田さんは、まだ戦争が始まったことを認識していなかったが、ソウル市民の約四〇％は漢江大橋を通るなどして南へ避難していた。

現在の漢江大橋　向こう側が爆破され修復された橋。

漢江大橋の爆破

当時、ソウルには漢江大橋と広壮《クァンジャン》橋の二本の道路橋と複線一本、単線二本の鉄道橋が架かっていた。韓国軍の蔡《チェ》参謀総長は、北朝鮮軍のソウル突入二時間後に、これらの橋を爆破するよう準備を命じていた。

しかし、橋の爆破は、ソウル市民の避難や前線で戦闘を継続していた韓国軍の撤退のことを考慮していなかった。このような状況で爆破すべきではないという忠告もあり、蔡参謀総長は自らの命令を取り消し、改めて爆破延期の命令を出した。しかし、市内の道路は避難民の人と車でごった返し、伝令は現場に届かなかった。この結果、漢江大橋は数百人の避難民と数十台の車両もろとも爆破された。この爆破による死者は五〇〇人とも八〇〇人ともそれ以上とも言われている。

そして、ソウルには一五〇万人の市民が置き去りにされた。こうして、首都ソウルは開戦後わずか三日で北朝鮮軍によって占領された。

証言からすると、友田さんは、漢江大橋の爆破によって初めて戦争の開始を認識したようである。友田さんはこの爆破のとき、橋のたもとの鷺梁津の市場で寝ていた。夜中に大音響が響き渡り、周囲の窓ガラスが一斉に割れたという。

アメリカの介入

ワシントン時間の六月二七日二三時（韓国時間二八日一三時）、国連安全保障理事会（国連安保理）は、「加盟国は韓国が必要とする軍事援助を与えるという決議を採択した。

この決議の採択前から、アメリカは日本に駐留する海空軍を投入していたが、地上軍の本格的な導入には慎重な姿勢を示していた。

そこで、マッカーサーは地上軍展開の可否を判断するため、二九日に東京から水原《スウオン》に飛び、永登浦の丘まで出向いて、北朝鮮に占領されたソウルを視察した。そして、地上軍投入の必要性をアメリカ本国に訴えた。トルーマン大統領はそれに応えて、三〇日には地上軍の投入を発表した。

金日成《キムイルソン》とソ連の軍事顧問団は、これほど早期のアメリカの軍事介入は想定しておらず、作戦上の大きな誤算の一つとなった。

さらに七月七日には、国連安保理が国連軍の創設を決議し、一〇日にはマッカーサーが国連軍司令官に任命されて、史上初めての国連軍が結成された。

漢江をはさんでの攻防

アメリカ地上軍投入の報を受け、韓国軍は前線から後退する部隊を漢江南岸に終結させ、北岸の北朝鮮軍と対峙《たいじ》させた。

一方、ソウルを陥落させた北朝鮮軍は、一気呵成《いっきかせい》に漢江を渡河し南進するかと思いきや、なぜか三日間もソウルに滞留した。この理由については、北朝鮮首脳部が、反政府勢力による暴動と韓国国民による北朝鮮支配を歓迎する動きを期待していたからではないかと言われている。また、単に、漢江を渡るための機材を待っていた可能性も指摘されている。

韓国軍は、漢江大橋を爆破する際に、鉄道橋も爆破した。しかし、三本かかる鉄道橋のうち、真ん中の単線鉄橋の爆破に失敗したため、アメリカ空軍は東京の横田基地からB29を出撃させて爆撃した。

友田さんは漢江大橋が爆破された六月二八日の後も、一週間くらい漢江の南岸である鷺梁津

1950年７月３日、韓国軍が爆破に失敗した鉄道橋を米軍が空爆する様子。この写真の範囲内に典弘がいたことになる。

に留まっていた。これは北朝鮮軍の謎のソウル滞留から渡河開始までの時期にあたる。

友田さんは、漢江を境に対峙する両軍の動きを一部始終見ていた。Ｔ34戦車が南岸に向けて砲撃するところ、兵士たちが漢江大橋の残骸《ざんがい》に身を隠しながら銃撃戦を交わすところ、米軍のＢ29が残った鉄道橋を破壊するところ、北朝鮮の戦車が仮設の橋を利用して漢江を渡るところなど、すべて至近距離から見ていた。いずれも極めて危険な状況に身を置いていた。また、マッカーサーが永登浦の丘に視察に来たときは、すぐ近くにいたことになる。ただし、これは目撃していない。

水原へ待避

漢江大橋の爆破から一週間くらいすると、漢江にゴムボートのようなものが横向きにいくつも並べられ、

水原の町　李王朝時代の城壁などが美しく、世界遺産になっている。この町まで逃げてきたが、前線はさらに南へ移動していたため、すぐにソウルまで戻った。

その上に鉄板をしいて仮設の橋ができた。その上を北朝鮮の戦車が次々と渡ってくるようになった。そこで、典弘もやっと南へ逃げることにした。それほど、逃げる必要性は感じていなかった。べつに行かなくてもいいと思っていたが、誰もが「殺される」と言って逃げていたので、後をついて歩いて南へ向かうことにした。ソウルから約三〇キロメートル離れた水原まで一日で歩いた。水原までは一本道だった。

途中、始興《シフン》という町まで来たとき、グラマンが何機か順番に急降下し、貨物列車に向かって機銃掃射するところを目撃した。

水原でも、若い人はすでに逃げていて、残っているのは老人くらいだった。水原では、釜山《プサン》に向かう鉄道の橋の下で二晩寝た。

そのころには、戦車を中心とする北朝鮮部隊は、典弘のいる場所を通り越して、さらに南へ向かっていた。したがってさらに南へ逃げることは意味がなくなっていた。しかも、水原は住み慣れている場所ではなかったので、すぐに永登浦や鷺梁津の方へ帰ることにした。永登浦周辺にはまだ老人がいたし、子どもを攻撃してくることはないだろうと思っていた。

日中、典弘が安養《アニャン》まで戻って来たときのことだった。田んぼの中の細い堤防のような道を一人で歩いている途中、アメリカのジェット機二機が後ろから急降下してきた。タンクが二ついたジェット機だった。一機はそれほどでもなかったが、もう一機はすぐ真横に降りてきた。このとき、典弘は初めて「死ぬ」と思った。コックピットの中の前後二人のアメリカ兵は、顔もはっきり見え、目が合った。しかし、そのまま飛行機は通り過ぎていった。それからしばらく歩くと、池の中に二人の北朝鮮兵士がうつ伏せになって浮かんで死んでいた。

安養では、北朝鮮兵士が倒れていたが、北朝鮮の戦車がその兵士の上に覆《おお》い被《かぶ》さるようにして停止し、下からハッチを開けて、引き上げている様子を見た。

安養からソウルまで行く間には、子どもを抱いて母親が死んでいるところを見た。また、アメリカの軍用トラックの運転手がハンドルを持ったまま死んでいるのを見た。

戦争のあらゆる場面を見てきた。いつも「怖い」とは思うが、どうすることもできない。逃げる姿を見せると殺されると思ったから、どんな場面に遭遇しても、平然と見過ごすように努めていた。死はいつも典弘のすぐ横を通り過ぎていった。

北朝鮮軍との接触

典弘は再びソウルに戻った。住民たちのほとんどが避難して、空き家が多くなっていた。残っていたのは、老人ばかりであった。

典弘は、やはり鷺梁津を中心にして生活した。市場で食料をもらうことができなくなったが、畑に生えている大根や、なすびなどは自由に食べることができた。

鷺梁津の鉄道橋のたもとに行ってみると、北朝鮮軍の大きなテントが一張りあった。周囲に三〇人くらいの兵士がいた。

典弘が子どもだったので、兵士たちは威嚇することもなかった。典弘はテントに近づき中をのぞいた。中に膝《ひざ》付近まである革の軍靴を履いた位の高そうな将校がいた。典弘はその将校に向かって、「ごはんちょうだい」と話しかけた。将校は気さくに応じ、典弘を招き入れた。

中央にテーブルがあった。典弘はいすに座った。将校は木製のお椀にごはんを入れ、その上に焼いた鮭を置いてくれた。キムチなどはなかった。ごはんも鮭もおいしかった。

典弘が食べている間に将校が話しかけてきた。まず「北に行かないか」と言った。「北へ行くと学校に行かせてやる」「結婚もさせてやる」と言われた。典弘は「僕は親を探さないといけないから」と言って断った。それまでに「北朝鮮兵は口がうまいからだまされたらだめだ」ということをいろんなところで聞いていたので、話に乗ることはなかった。北朝鮮兵から食べ物をもらったのは、このとき一回だけである。

漢江大橋も鉄道橋も破壊されていたので、北朝鮮軍は仮設の橋の上にトラックを通し、次々と物資を南へ運んでいた。負傷した兵士がトラックに乗せられて、北へ向かう様子も見た。テントは仮設の橋の横に立っていた。戦車は水原に行く前に運ばれてくるのを見たが、戻ってくると、すでに南下をしていたからか、戦車を運ぶ様子は見なかった。

ただ、テントの横に、戦車が一台だけ置かれていた。このとき初めて北朝鮮の戦車を間近で見た。北朝鮮の戦車は、これまで見ていた韓国の軍用車に比べて、はるかに大きく見えた。

続々と北朝鮮軍が南側へ流入してきた。鷺梁津や永登浦の学校はすべて北朝鮮軍が使うようになった。校庭にはトラックがたくさんならんでいた。戦車はなかったが、永登浦の駅前に一台だけ戦車が置かれているのを見た。

典弘がねぐらにしていたところ近くの小学校に北朝鮮軍の拠点が設けられた。つねに、そこ

小学校の写真　周囲に大勢の人だかりがしていて、中に金日成がいると言っていた。軍用トラックが多数並び、北朝鮮軍の基地になっていた。

には兵士が出入りしていた。学校の前で、人だかりがしていて、「金日成がいる」と言っていた。中をのぞくと、金日成らしき人物が周囲の人と話をしていた（これが本当に金日成であったかどうかははっきりしない）。

永登浦の駅前には映画館があったが、北朝鮮軍はそこにソウルの若者をかり集めてきて、監視していた。典弘はトラックからおろされて中に入る多くの若者を見た。常に警備兵が二人ついていた。家族がかけつけて、解放するよう要求しても、みな断られていた。若者たちは、夜中に北朝鮮へ運んでいると噂されていた。

北朝鮮が占領してからは、周囲に空き家がたくさんできて、典弘はそれをときどき利用した。しかし、突然北朝鮮の兵士が入ってくることがあったので、怖いと感じることがあった。

鷺梁津の工業高校　米軍の基地となり、野戦病院が置かれた。
ここで凍傷の足を切断されそうになった。

あるときは、空き家だと思って、食料がないかと入ってみると、中に北朝鮮の若い兵士がいた。まだ十代くらいの兵士だった。その兵士は「自分は家で朝ご飯を食べていたら、引っ張っていかれて軍に入れられた。戦争はしたくない」と言っていた。「誰にも言うなよ」と口止めもされた。

仁川《インチョン》上陸作戦

九月頃になると、仁川の方からアメリカ軍が、艦砲射撃をするようになった。夜、永登浦や鷺梁津の上空を通過して、ソウル市内に砲弾が落ちていく様子が見えた。真っ赤な砲弾の軌跡が絶えることなく続く様子が見えた。それが二晩くらい続いた。

北朝鮮軍は北へ逃げ始めていた。その頃、ある家に入ると北朝鮮の兵士が五～六人いて、典弘が「ご飯ちょうだい」と言うと、兵士たちは慌てていて「ちょうどこれから出ていくところだ」と言われ、もらうことができなかった。

それ以降、北朝鮮軍を見ることはなくなった。

艦砲射撃が激しかった日の翌日には、アメリカ軍が大勢で永登浦の駅前をソウル方面に向かうのを見た。

しばらくすると、鷺梁津にある工業高校の敷地内に、米軍の基地ができて、軍人の出入りが多くなった。前線はソウル市内からソウルの北方へと移り、基地には負傷兵や戦死した兵士が運び込まれた。

典弘はあいかわらず、鷺梁津や永登浦の市場周辺を拠点に一人で暮らしていた。市場周辺には少しずつ人が戻りつつあった。典弘は、米兵の靴磨きや新聞売りなどもして、わずかな日銭を稼いだ。

永登浦の映画館の前で、米軍の残飯が茶わん一杯五〇ウォンほどで売られていた。そのような店が何ヶ所かあった。典弘もよくそれを食べた。若い女の人もそれを食べていた。残飯は汝《ヨ》矣《イ》島《ド》飛行場から持ってきたものだと言われていた。残飯は栄養のあるものが多かったが、ときに、爪楊枝《つまようじ》やタバコが入っていることがあった。

家出をして二度目の冬（一九五〇〜一九五一年）

金山の家を出てから二回目の冬が来た。典弘は一二月で一五歳になっていた。一回目の冬と違うのは、戦争中であったことである。ソウルがアメリカを中心とする国連軍に奪還されて、避難していた人たちが少しずつ帰ってきたが、市場は以前ほどの賑《にぎ》わいがなかった。

永登浦周辺もまだ空き家が多かった。韓国に来て最初に住んだ金山の兄の家も空き家になっていて、そこで寝たこともあった。

この金山の兄の家で、典弘は夢を見た。この夢は、七〇年近くたった今でも、はっきりと思い出すことができる。寒い冬の夜、真っ暗な部屋の中でたった一人寝ていると、白い割烹着《かっぽうぎ》を着たお母さんが目の前に立っていた。お母さんは「日本に連れて帰るよ」と典弘に告げて、目の前から消えた。このときは、びっくりして怖くなり、思わず家を飛び出した。外に近所の顔見知りの老人がいて、そのことを話すと、老人は、「お母さんの魂が呼んでいるんだよ」と言った。この夢の中の母の言葉が、その後典弘を日本に帰らせる原動力となった。

この冬のソウルは例年にない寒さだった。「この百年で最も寒い冬」とも言われ、アメリカ軍が再び劣勢に陥った要因の一つにもなった。

典弘は、一年目と同じく凍傷に苦しんだ。右足が黒ずんできて、たたいても痛みを感じなくなってきた。竹の棒を杖《つえ》にして、足を引きずりながら歩いて、食料を得た。

その日も、鷺梁津の市場のすみで叺《かます》の中にすっぽり体を入れて寒さに耐えていた。その頃には、足は両足とも真っ黒になっていた。

昼の二時か三時頃、米軍のジープが典弘のすぐ近くを通りかかった。米軍の将校は、叺《かます》の中で何かが動いたのを見たのか、車を止め二〜三人が降りてきて、典弘に声をかけた。一人は階級章をつけた位の高そうな兵士だった。もう一人は韓国人男性の通訳だった。ジープの後ろには若い兵士を乗せたトラックがついてきていた。

通訳が「どうした?」と尋ねてきたので、「足がしもやけになった」と答えた。

典弘は米兵に抱えられ、ジープに乗せられた。そのまま、鷺梁津の工業高校につくられた米軍のキャンプに連れて行かれた。木造校舎の教室が野戦病院になっていて、そこにアメリカ人の軍医がいた。

そこで、足を切断した方がよいという話になった。通訳をしていた韓国人の男性が、子どもなのに足を切断するのは可哀想《かわいそう》だと訴え、切断はせず、そのまま入院することになった。切断しないとなっても、典弘は特別に何の感情も抱かなかった。

周りは負傷兵がたくさんいた。やけどを負っている人、腕を撃たれている人などがいた。亡くなった人もいて、遺体はアメリカに送ると言っているのを聞いた。

風呂に入ったり、シャワーを浴びたりということはなかった。

食事はよかった。食パン、目玉焼き、サラダ、ソーセージ、缶詰の肉などがふんだんにあった。チョコレートやガムもよくもらった。

しばらくは暖房のきいた部屋で、食事もたっぷり出されて、快適な生活を送った。

このとき、自分は日本人であると訴えたなら、もしかすると、米軍のルートを使って日本に帰ることができたかもしれないが、そんなアイデアは浮かばなかった。韓国では、日本人であることを口にして、いいことは何もなかった。

米軍キャンプでの暮らしも一週間ほどで終わった。そこを出るときも、もっといさせてほしいとか、通りでの暮らしがいやだとか思うことはなかった。

キャンプを出るときには、通訳が「体に気をつけろよ」と言い、「ありがとう」と返してその場を去った。

再び、極寒の中の暮らしが始まった。その後も、典弘はソウルを行き交う兵士たちの様子を間近で見続けた。

綿入りの軍服を着た中国軍　中国兵はカラスを撃ち落とし、焼いて食べさせてくれた。

一九五一年一月四日には中国共産党軍がソウルまで進出して、アメリカ軍は南へ後退した。

典弘は中国の兵士たちにも近寄って話をした。兵士たちは朝鮮語を話した。中国軍は綿入りの服をきていた。

中国兵が、カラスに向かって銃を撃ち、撃ち落としたカラスの羽をむしって、焼いたものをくれたことがあった。食べてみるとおいしかった。

仁川上陸作戦とその後

一九五〇年から五一年にかけては、ソウルを支配する軍が目まぐるしく変わった。

九月一五日、仁川上陸作戦を契機に、形勢を逆転した国連軍は、韓国全土で反撃を開始し、一〇月一日に三八度線を突破し、一〇月末には中国との国境の鴨緑《アムノッ》江《ガン》近くまで進出した。

しかし、中国軍（中国人民志願軍）の介入と北朝鮮軍の反撃により、戦況は再び逆転した。中国軍の援軍を得た北朝鮮軍は北朝鮮全域を取り戻し、一九五一年一月四日には再びソウルを占領した。

国連軍は漢江南側の北緯三七度線まで押し込まれた。しかし、戦線を整えた国連軍は三月一四日、ソウルを再び奪回し、三月下旬には三八度線一帯まで進撃した。以後、膠着状態となった。

停戦まで

朝鮮戦争（一九五〇年～五三年）は、典弘が一四歳の六月に始まり、一七歳の七月に終わった。本来であれば中学三年生から高校三年生までの頃である。戦争の間中ずっと、ソウル郊外の通りで生活していたということである。

一五歳になったばかりの冬に、米軍のキャンプに収容され、足を切断されそうになったが、そこを出てからも、ずっと鷺梁津を中心にして生活した。漢江大橋の爆破以後、橋がなかったため、ソウル市街の方へは戦争が終わるまで一度も行ったことがなかった。

朝鮮戦争前線の推移

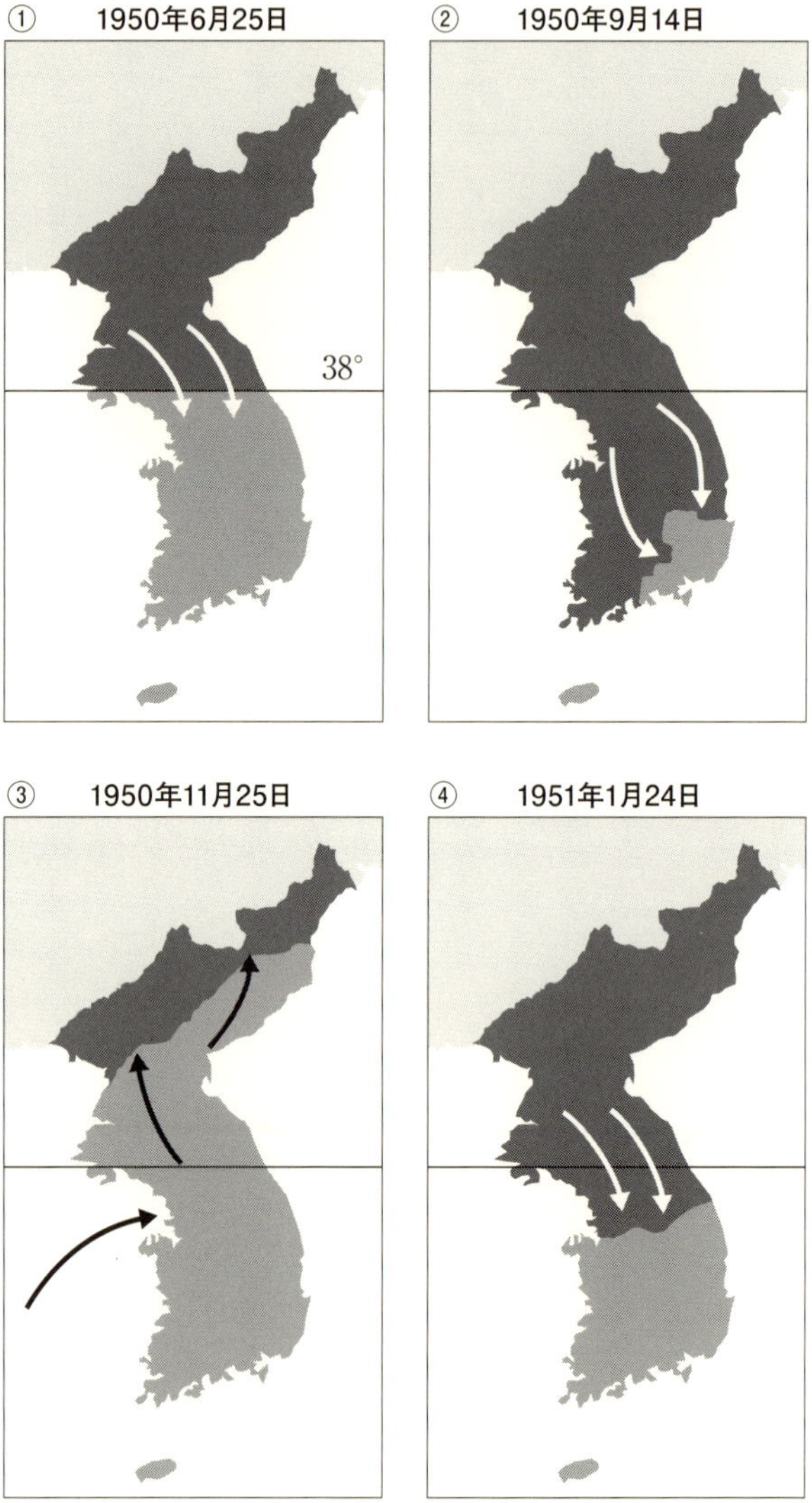

⑤ 1953年7月27日～現在

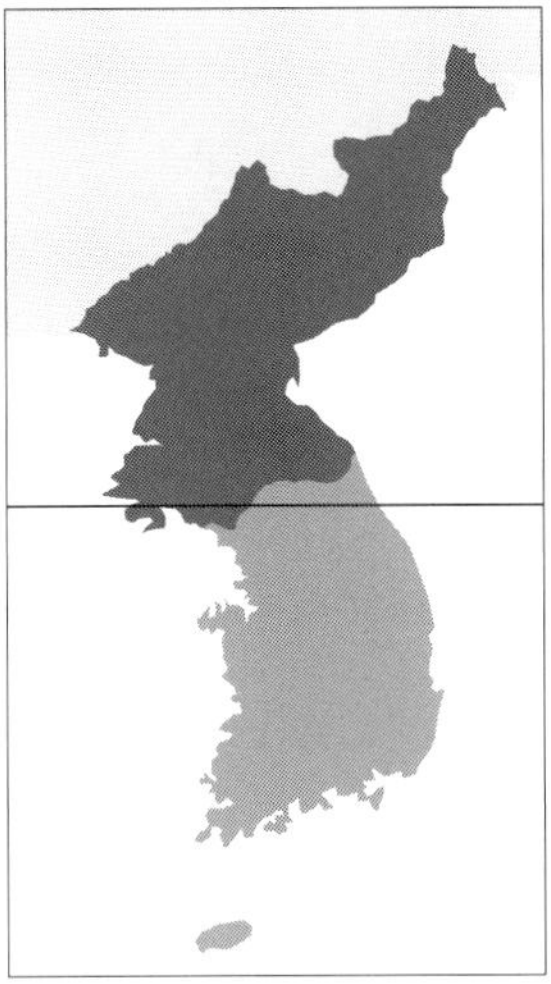

ほとんど外で寝る生活を続けた。金山の兄らと一緒に住んだ家に一度か二度泊まったことがあった。金山の兄は妻の実家に避難していたと、戦争が終わってから人づてに聞いた。二回くらい知らない人の家で寝たこともあった。しかし、家の人が突然帰ってくることもあるし、軍隊が入ってくることもあるので怖かった。外で寝るほうが安心できた。

典弘はときどき兵士に食料をもらうための交渉をおこなった。

北朝鮮兵士も米軍兵士も、そして中国共産党軍兵士も、典弘を子ども扱いしたため、ときに食料を分けてくれた。

夏の間は、畑の大根やなすびを取って食べることができたが、冬はおじいさんやおばあ

ソウル市内は仁川上陸作戦以後、アメリカ軍の艦砲射撃などで、焼け野原となった。

さんに食料をもらったり、畑に残っていた白菜を食べたりして飢えをしのいだ。お腹が空《す》きすぎて、漢江の水を飲んだこともあった。とても飲めるような水質ではない。そのときは胃の中で「ブクブクとなにかわいてくる」ような感じがした。

典弘は一二月六日生まれだが、一六歳の誕生日も、一七歳の誕生日も市場のすみで迎えた。

つらいとか、苦しいとかの感情はなかった。ただ、絶対に日本に帰ってやるという気持ちだけは持ち続けていた。それを持ち続けられたのは、「日本に連れて帰るよ」という夢の中の母の言葉があったからだった。ときどき、その母の夢を思い出しながら市場のすみで眠りこけた。

第5章　仕事

パン屋で住み込み

一九五三年七月二七日、朝鮮戦争の休戦協定が結ばれ、ようやく戦争が終わった。典弘《つねひろ》は、市場で口々に「戦争が終わった」と話しているのを聞いて知った。典弘は一七歳になっていた。

戦争が終わってしばらくしたある日、典弘は永登浦《ヨンドゥンポ》の映画館の向かいにあるパン屋の前の道を掃除していた。市場周辺の掃除をするのは、食料をもらうためによくすることだった。三日連続くらいで、ほうきで掃除をした。

すると、そのパン屋のおかみさんから、声をかけられた。

「家はどこ?」と聞かれ、「家はないよ」と答えた。そして、「うちで食べさせてあげるから、仕事しないか?」と誘われた。

典弘は喜んで「働きます」と言った。その日から、典弘は住み込みで働くことになった。パン屋は八畳間ひとつくらいの小さな店で、パンを焼く大きな窯が一つ置いてあった。

店の主人は四〇歳過ぎくらいで、奥さんと子ども(姉、妹、弟)の五人家族だった。子どもたちは学校に通っていた。店には五人くらいの職人がいた。かなり年配の技術のある職人もいた。店の主人は典弘に対して優しかった。自分ではパンは焼いていなかった。

主人とはちがって、職人たちは厳しかった。典弘に与えられた仕事は、バケツに水をくみ、パンを焼く鉄板を拭《ふ》いたり、パンを入れる箱をタワシを使って洗ったりする仕事だった。パンを焼く炭の火をおこすこともした。鉄板に汚れがついていたりすると、職人は容赦なく怒鳴りつけた。鉄板を投げつけられたこともあった。典弘は食べさせてもらえるだけで嬉《うれ》しかったので、一生懸命に働いた。やがて仕事を覚えると、怒鳴られることもなくなってきた。

二軒目のパン屋「広信《パンシン》」

二ケ月ほどして、典弘は別なパン屋にうつった。一軒目のパン屋でまじめに働いている様子を見られていて、別のパン屋から誘われたのだった。二軒目の店の名は「広信」といった。親方が二人いて、もうけを分け合っている様子だった。

店はかなり広く、奥行きは一〇メートルくらいあった。いろいろな道具が整理された、きちんとした工場だった。パンを焼く窯は二つあり、交互に焼いていた。

二人の職人と、典弘を含む三人の見習いの五人で働いていた。朝五時から夕方六時まで働きづめだった。そこでも最初は鉄板を拭くなどの仕事をしていたが、やがて、いろいろな種類のパンの焼き方を、一つ一つ教えてもらうようになった。食パンやあんパン、クリームパンなどのほか、カステラやシュークリームなども作った。

そのおかげで二〇歳になる頃までには、店の全ての種類のパンや菓子を一人で焼けるようになっていた。また、新入りの見習いに仕事を教えるような役回りもした。

自転車の荷台にパン箱を何段も重ねて、安養《アニャン》まで配達することもあった。

チェスニとの再会

店の近くに、ヤンポンニョの夫の弟の店があった。その店はカメラや時計を売っていた。そこへときどき、チェスニが行くのを典弘は見ていたが、自分から声をかけることはしなかった。

その日はたまたまチェスニが店の奥の典弘の方を見て、ちらっと目が合った。チェスニは急いで店まで行き、カバンを置いてから引き返してきた。そして、店の中へ向かって「キムヒョンジニはいないか」と訪ねてきた。店の同僚は「そんな人はいない」と答えた。このころ典弘は、キムヒョンジニではなくキムヨンヘ（金龍海）という名前で呼ばれていた。これはパン屋の主人がつけてくれた名前だった。

典弘は、チェスニと気付いていたが、最初は何となく気恥ずかしかったので、顔を隠していた。しかし、チェスニは典弘を見つけて話しかけた。「何時に終わるの？」と聞いたので、「五

17歳のとき、パン屋の主人の勧めで、働きながら工業高校に通うことにしたが、けんかが絶えずすぐにやめてしまった。（提供／友田典弘）

時に終わる」と答えた。チェスニは「終わったら一緒に家に行きましょう」と言った。

仕事を終えたころ、チェスニが迎えに来た。典弘は一緒にチェスニの家に行った。母親のヤンポンニョは、典弘を見るなり「なんで今まで帰ってこなかったの」と言った。そして、「何してるの？　帰ってきなさい」と言ってくれたが、甘えるわけにはいかないと考え、家に戻ることはなかった。

だが、それ以来、休みの日にはチェスニの家に行くようになった。ヤンポンニョはやはり典弘を我が子として迎えた。

チェスニは街で評判になるくらい美しく成長していて、彼女が通ると冷やかしの声が上がることもあるくらいだった。

余暇

パン屋の工場の奥に、六畳ほどの部屋があって、そこに典弘ら若い従業員三人が生活した。三人は仲良くなり、休みの日には映画を見に行く余裕もできた。ゲイリークーパー主演の西部劇などをよく見た。伊藤博文《いとうひろぶみ》を暗殺した安重根《アンジュングン》を主人公にした映画も見た。

友人たちと酒を飲むこともあった。ビールは高価だったので、マッカリをよく飲んだ。チェスニの家に行くと、毎週のように漢江《ハンガン》まで行き、ボートに乗った。チェスニとボートに乗ったのは数え切れないくらいあった。

二人で映画もよく見に行った。

自傷

しかし、順調に仕事を覚え、少し生活に余裕ができると、逆に日本に帰りたいという思いも強くなった。典弘は多感な時期を迎えていた。

ある日、日本に帰れないことに絶望した典弘は、感情が昂《たか》ぶって角材を頭に思いっきり打ちつけた。額から血がしたたり落ちた。

漢江の中州ノドゥル島周辺でチェスニとよくボートに乗った。

工場の裏側あたりで血を流している様子を、電気会社の事務員が見て、何かの布を当ててくれた。その人は「急いで病院に連れて行け」と言ったが、そのときは行かなかった。

三軒目のパン屋「三三《サンサン》」

パン屋どうしの間で友達ができると、典弘は別のパン屋からうちに来ないかと誘われた。そうして、三軒目のパン屋（「三三」）に移った。「三三」は永登浦で最も大きいパン屋だった。給料のことは特に言うことはなかったし、気にもしていなかった。食えたらいいと思っていたし、屋根のあるところにいられるだけでうれしかった。「三三」には住み込みで五、六人くらい働いていた。若い女性のお手伝いさんもいた。

「三三」には、主人と奥さんと、軍隊に行っている

パン工場「三三」のあった場所。ここで24歳まで働いた。

息子がいた。その息子はかなり階級の高い軍人だった。

徴兵

ある日、たまの休日で街を歩いていると、ＭＰの腕章をつけたアメリカの憲兵四人に囲まれ、「おまえは何歳か」と声をかけられた。「二十歳だ」と答えると、なぜ兵役についていないのかと詰問された。

四人に前後を囲まれたまま、軍まで歩いて行こうとしていた。しばらくして、隙《すき》を見はからって急に右側の路地へ走って逃げた。追いかけてくることはなく、そのままパン屋まで走って帰った。店の主人には、その出来事は報告しなかった。

また、それから数日後には、外でブラブラしていると、今度は韓国軍の兵士二人につかまり、やはり「何歳だ？」と聞かれた。「二十歳だ」と答えると、永登

パン工場の見習いで働くイジェファさん（右）と。兄弟のように仲よくしていた。パンの作り方も教えた。（提供／友田典弘）

浦にある兵舎に連れて行かれた。この時は逃げなかった。逃げようともしなかった。一晩兵舎にいて、六連装のカービン銃をもたされるなどした。

翌日、「三三三」の主人の息子がやって来た。息子は階級の高い軍人だったので、兵士たちの誰もが頭を下げた。この息子のおかげで、一晩で帰ることができた。主人には、自分が日本人であることも伝えていたため、それで帰ることができた可能性が高い。

第6章　日本へ

帰国への思い

この出来事以来、典弘の日本に帰りたいという思いは日増しに強くなっていった。

典弘は、外務省やソウル市庁などに行って、何度も自分が日本人であることを主張した。外務省には家出をして間もない頃、同じように日本人であることを訴えに行ったが、そのときと同じ役人も出てきた。その役人は典弘のことを覚えていたが、やはり日本人であることを証明するものがないとだめだと言われた。日韓の間には国交がなく、大使館に訴えることもできなかった。

この頃は、チェスニの家を自分の家のようにして、その家から「三三」に通うことも度々あった。一度、チェスニの持っていた商品の時計を三つ持って、だまって汽車に乗り南に向かったことがあった。なんとか日本に帰れないかと思い大邱《テグ》までやってきた。しかし、パスポートも持っていないし、時計三つでは渡航費用にもならず、あきらめてソウルに引き返すほかなかった。

そんなことがあっても、チェスニの母のヤンポンニョは「若い頃はいろんなことがあるから帰ってきただけでいい」と言って、典弘を一切咎《とが》めることはなかった。その後しばらくして、典弘は時計三つ分のお金を、自分の給料の中から返した。

このときのことを、後に、チェスニの姉チェスジは「警察に言おうとしたけど、『家族だから』と言って母が止めたのよ」と語った。

典弘は、次第に自暴自棄になっていた。帰りたいという思いが強くなればなるほど、帰れないという現実が自分を苦しめた。

今度は本当に死んでやろうと思った。パン屋の長い鉄の包丁を腕に思いっきり振り下ろした。血が吹き上がった。周囲の人が三人くらいで病院に連れて行った。しばらく意識がなかった。意識が戻ってから、パン屋のおかみさんに「死んだら日本に帰れないよ」と言われた。それから一ヶ月くらいは、腕に包帯を巻いて首につっていた。

日本への手紙

典弘は日本に手紙を書くことを思い立った。ヤンポンニョがそれに積極的に協力をしてくれた。ヤンポンニョは日本語の教育を受けていたので、日本語を書くことができた。手紙の中には、広島の自宅周辺の地図や行方の分からない母や祖母の名前などを書き、大人になった自分の写真も入れておいた。

広島市役所や袋町《ふくろまち》小学校などに宛てて手紙を書いてみたが、一向に反応がなかった。「東京警察署長殿」という手紙も送った。むろん「東京警察署」なるものは存在しない。しかし、このような手紙を何通も出すうち、事態が動き始めた。

ヤンポンニョが書き綴った手紙のうちの少なくとも二通が、どういうルートをたどったかは不明だが、広島市の職員のもとへ届いていたのである。

当時の中国新聞の記事（一九六〇年三月二六日）によると、そのときの経緯は次の通りである。

——一九五八年の一一月（典弘二三歳）に、手紙が広島市役所と広島市東警察署に届いた。手紙には、「早く広島へ帰りたい。日本人であるという市長の証明と戸籍謄本を送ってほしい」と書かれてあった。

受け取った市役所の職員は、「激励の手紙や戸籍謄本を典弘に送るとともに、日本赤十字を通して帰国促進を働きかけた。また、本人には、直接、韓国の外務部へ帰国手続きをとるよう」促した。

しかし、「どうしたわけか」（記事の言葉）一年数ヶ月にわたって何の返事もなかった。

そこで、一九六〇年二月になって、浜井広島市長からソウル市長へ「友田くんの事情を調べ

新　聞

木江新町議決まる

投票率は八五・一四％

豊田郡木江町議選挙二区(南)は二十五日行なわれた。定員十人に立

当二〇三票　中本井千代一57無前
当一九七票　坂田　栄造39無前
吉田　益造41会社重役　無前
岩本　徹雄63会社社長　無前

帰ってくる友田君

韓国へ渡った原爆孤児

京城市長↑↓広島市長のあたたかい計らい……

二年ぶりに念願かなう

天の恵み……大喜びの祖母

最近の友田典弘君

☆……終戦直後の混乱期に……☆
☆……韓国人に連れられて……☆
☆……韓国へ渡った広島の……☆
☆……一原爆孤児が、近く……☆
☆……京城市長の特別など……☆
☆……りはからいで、帰国……☆
☆……することになった。……☆

この孤児は現在、韓国の首都、京城市に住む友田典弘君(二七)＝本籍広島市大手町五丁目。友田君は二十年八月六日の原爆投下当時は小学四年生で、袋町小学校で被爆、母と第二人の肉親は死亡した。孤児になった友田君は、その後、自宅の近所に住む無名の韓国人に引き取られ、その韓国人と二十二年ごろ韓国に渡り、現在は京城で一人前の製菓工として働いているという。

友田君は韓国在住中も故郷の広島が忘れられず、さる三十三年十一月に「早く広島へ帰りたい。日本人であるという市長の証明と戸籍謄本を送ってほしい。祖母の西田トラが、広島市矢賀町にいるはずだ」というたよりを広島市役所と広島市東警察署へ送ってきた。

市ではさっそく激励の手紙に戸籍謄本を添えて同君に送るとともに日赤本社を通じて同君の帰国促進を働きかけた。また本人には、直接、韓国の外務部へ帰国手続きをとるようながしたが、どうしたわけか今日まで韓国からは何の返事もなかった。そこで今年二月二十三日、浜井広島市長から任興淳京城市長へ「友田君の事情を調べたうえ、なんとか一日も早く帰国できるよう特別のご高配を願う」という手紙を出した。これに対して二十五日、任京城市長から「友田君を広島に送り返すためのすべての必要な手続きをすませた。しかし韓国外務部に提出する書類の不備を補うため、同君の祖母西田トラさんが引き取り責任者であることの身元証明書と、友田君を京城から東京まで輸送する航空費を支給するという広島市長の証明書を送ってほしい」という返事を広島市長あてよこした。

祖母の西田トラさん(へ)はこの知らせを市役所からうけて、さっそく同日、公正証書役場で身元証明書をつくってもらい、これに浜井広島市長の証明書をそろえて京城市長へ送る。

知らせをうけて市役所へかけつける祖母の西田トラさん

西田トラさんの話　孫が天から降ってきたようだ。孫の帰国について皆さんに骨折っていただき、会えるようになってうれしい。

―解説―

家庭用

廃止

…議はついたものの賛成多数（森井、渡辺、城、前田、小平六議員反対）で可決、成立した。このため三十五年度（本年四月以降）からは水道料金は原水、浄水を平均して一八・八％（原水＝一二・九％、浄水＝二二・六％）の値上がりとなるが、市民のもっとも関心の深い一般家庭用（専用）は、基本水量は従来通り十立方メートルであるが二十五円値上げされ百二十五円になり、超過料金は一立方メートルにつき十円が十二円五十銭になる。このため月十立方メートル以下の使用家庭では従来は量水器使用料六円を含め一ヵ月百六円を支払っていたが、改正料…

…は三十八円となる。その他家事用共用は二十円、湯屋営業用は二十五円、船舶給水は五円、それぞれ値上がりしたが、従来は官公署、学校、病院用とともに営業用も家庭用と区別されていたが、改正料金ではこれが廃止され、一般家庭用料金と同様の取り扱いを…

…二十五日で　その為に十…円とな…り、水道料金は二ヵ月をまとめて集金するため二ヵ月間の値上がり…

農業法人を強力に推進

―県農業会議が事業計画案など決める―

広島県農業会議の第六回総会は二十五日、県庁正庁ホールで県下の市町村農業委員会の代表などおよそ百人が集まって開かれた。松浦同会議会長のあいさつ、大原知事、平塚県議会議長の祝いのことばがあって議事に入った。議事では明…

「中国新聞」1960年３月26日付

たうえ、なんとか一日も早く帰国できるよう特別のご高配を願う」という手紙を出した。

これに対しソウル市長からは、本人を広島へ送り返すための全ての必要な手続きをすませたが、「韓国の外務部に提出する書類の不備を補うため」に、祖母が引き取り責任者であることの身元証明書とソウルから東京までの航空運賃を支払う広島市長の証明書を送ってほしいという返事がきた。

それを受けて、祖母は公正証書役場で身元証明書をつくり、浜井市長の証明書とともにソウルに送ることにしている――と、ここまでが実際に帰国できた日から約三ヶ月前の記事である。

友田さんの記憶では、まず、かなり早い段階で、市庁の職員（だったと記憶している）が、おばあさんからの封書を持ってきた。その封書にはおばあさんの写真や伯母からの手紙が入っていた。写真と手紙を市庁に持って行くと、市庁の職員は典弘のことを気の毒がり、早く帰してあげないといけないと言っていた。しかし、それから一年半くらい何も動きがなかった。戸籍謄本はソウル市庁に直接渡っているようだった――と、ここまで記事の内容とほぼ一致する。

だが、一九六〇年の二月になってから広島市長とソウル市長がやりとりを始めたことは、典弘は知らされていない。典弘にとってその日は突然やってきた。

ある日、ソウル市役所の職員二人がパン屋を訪れた。「友田という日本人はいないか」と言われ、典弘も店の仲間もみなびっくりした。典弘は街でよくけんかをしていたから、捕まえにでも来たのかと勘違いするほど、急なことだった。職員は「今日から仕事をしなくていい。日本に帰国できる」ということを典弘に伝えた。それは実際に帰国できた二五日前のことだった。ともかく、広島市の職員が最初にヤンポンニョのしたためた手紙を読んでから、典弘の帰国までは約一年半、広島とソウル両市の市長が事態を認識したのがいつかは不明だが、広島市長がソウル市長あてに親書を出してからでも約四ヶ月はかかっている。

この四ヶ月の間、韓国国内では後に四・一九革命といわれる政変が起きていた。三月に実施された副大統領選挙に関連して、買収・脅迫・投票箱のすり換えなど、李承晩《イスンマン》大統領陣営のあらゆる不正が明るみとなり、四月一九日には、ソウル市内で大規模なデモが発生した。この際、多数の死傷者が出たことから、政権打倒の動きが全国的に広がった。この結果、李承晩は四月二六日に大統領を辞任、ハワイへ亡命するに至った。李承晩は対日強硬派であったため、政変の結果は、典弘の帰国に有利にはたらいたものとみられる。

別れ

典弘は役人が迎えに来ると、その日のうちにパン屋をやめ、帰国までの間、ソウル市庁の一

現在のソウル市庁　２階右奥の一室で帰国まで25日間過ごした。

室に滞在することになった。ソウル支庁の二階の右奥の守衛が寝泊まりするところだった。しばらく守衛と一緒に過ごした。

そこでは、朝、昼、晩と市庁の食堂の料理が出され、快適な生活を送った。酒を飲むことはなかった。

市長室にも招かれ、市長と直接面会した。市長は典弘に「苦労をかけたな」と声をかけ、これまでの労をねぎらった。昼間は何もすることがないので、市庁の周辺を歩くなどした。市庁の隣にある、宮殿（徳寿宮）に連れて行ってもらったこともあった。

帰国する一週間くらい前には、市長が「お世話になった人に挨拶《あいさつ》に行きなさい」と言って一〇万ウォンをくれた。

帰国前日になって、典弘はバスで永登浦の友達のところやヤンポンニョの家へ行った。

ソウル市長室　市長からそれまでの労をねぎらわれた。

ヤンポンニョの家には、工場長をしている同い年の友人と二人で行った。チェスニたちはいなかった。家に上がり、卓を前に３人座った。

ヤンポンニョに「明日、日本に帰るよ」と切り出すと、少し驚いた様子だった。さびしそうな顔をしていたが、言葉では日本に帰ることを喜んでくれた。

それから、友人の方に向かって言うように「私はヒョンジニを息子のように思ってきたのに、ヒョンジニは私のことをどう思っているのか」と話した。

典弘は、「『お母さん』と言いたかったが、弟たちがいて、家庭の中がもめたらいけないからそう呼ばなかったんだよ」と話した。これは偽りのない気持ちだった。

典弘はチェスニのことが好きだったし、チェスニも自分のことが好きだということは分かっていた。結婚してもいいと考えていたが、家族としてヤンポンニョの家に世話になっている以上、韓国社会ではそれは難しいことだと思っていた。そして、結婚すれば日本に帰ることができない、夢の中の母の言葉通り、日本に帰らなければいけないという思いが強かった。

その日、ヤンポンニョは典弘を見送ることもなかった。それきり、ヤンポンニョともチェスニとも会うことはなかった。

帰国

一九六〇年六月一八日。ついに帰国の日が来た。市役所の黒い車に運転手と担当の役人が乗って、三人で市役所を後にした。見送りなどはなかった。

漢江を渡り、鷺梁津や永登浦を通過していったが、空港に着くまでは何も考えてはいなかった。

金浦《キンポ》空港に着くと担当の役人が、女性の客室乗務員と話をした。彼女は「日本に着くまで、私が責任を持ちます」と言い、その後は彼女の後について飛行機に搭乗した。

座席に着いたときに、急に「夢じゃないか」と思った。「本当に帰れるのか」と思い、うれしさがこみ上げてきた。

乗ったのは台湾の飛行機（ＣＡＴ：民航空運公司《みんこうくううんこんす》）だった。終戦から一五年の歳月が過ぎていた。金浦空港を飛び立ち、対馬《つしま》海峡を越え、直接羽田空港へ向かった。荷物はカバン一つだけ。典弘が覚えていた日本語は「おはよう」と「さようなら」の二つだけだった。

機内では、九歳で渡ってから二四歳になるまでの、韓国での様々な経験が思い出された。涙がとめどなくあふれた。金浦空港から羽田までずっと泣いていた。

羽田空港には夕方に着いた。飛行機のドアが開くと、広島市役所の職員が入って来て、「友田さんはいますか」と声をかけた。

タラップを降りると、車が待機していて、車に乗ってそのまま空港を出た。入国審査などはなかった。このときはマスコミは来ていなかった。典弘はパスポートを持っていなかったが、戸籍謄本が広島市から送られてきて、それがパスポートの代わりとなった。

東京駅に着くと、近くのレストランに入って夕食をとった。ここで生まれて初めて生ビールを飲んだ。うまかった。

そして、午後九時半頃の夜行列車に乗って、広島に向かった。

1959（昭和34）年の広島市　福屋デパートの屋上遊園地から南を見た町並み。奥に瀬戸内海と似島が見える。（撮影／明田弘司）

一五年ぶりの広島

翌六月一九日、午後二時二四分、広島駅に着いた。夢の中で母が言った「日本に連れて帰るよ」ということが、現実になった。この言葉のおかげで、「必ず日本に帰ってやる」という気持ちを持ち続けることができた。

典弘の帰ってきた一五年ぶりの故郷は、戦前とも違う、被爆後とも違う、全く見たことのない街になっていた。典弘は、このときそれほど強い感情はわき起こらなかった。ただ、「お母さんはどこかに生きているのではないか」とそれだけを考えていた。

典弘の帰国を伝える中国新聞の記事（一九六〇年六月二〇日）によると、広島駅では、広島市の厚生局長や袋町国民学校三年生のときの担任教師など、多くの

浜井信三広島市長　1947年より選挙による戦後初の広島市長となり、平和都市建設に尽力した。典弘の帰国後、自ら保証人となって仕事を紹介するなどした。（引用／浜井信三著、原爆市長復刻版刊行委員会企画・編集『よみがえった都市―復興への軌跡　原爆市長　復刻版』シフトプロジェクト）

出迎えがあった。典弘は、ただただ涙を流すばかりだったようである。

その後は、おばあさんの家に向かった。その家の前で、二〇人くらいいただろうか、新聞記者たちがつめかけていて、立ったまま記者会見がおこなわれた。典弘は韓国語で答えた。それを近所の韓国人が通訳してくれた。

夜にはその通訳をしてくれた人の家に行った。韓国出身の人が集まってみんな優しくしてくれた。

広島に着いてから一週間くらいは、おばあさんの家で生活した。おばあさんは優しかったが、親戚《しんせき》たちとは折り合いが悪く、典弘は早くその家を出たかった。結局、一週間ほどでその家を出た。

いろいろと世話をしてくれたのは、当時の浜井信三《はまいしんぞう》広島市長だった。浜井は、被爆直後に市役所配給課長として陣頭指揮をしていた人物である。浜井は、何かの時に助けになるからと被爆者手帳をつくるように勧め、典弘はそれに従うことにした。被爆者手帳をつくる際には、家の向かいにあったタバコ屋の息子が証人になってくれた。タバコ屋は母親、息子、娘の三人家族だったが、母親と娘は原爆で亡くなっていた。

浜井が、働き口としてようかん屋を紹介した。ようかん屋は比治山《ひじやま》の下の方にあった。浜井本人が保証人になってくれた。給料は住み込みで一日働いて三〇〇円だった。言葉の方は、子どもの時に韓国語をすぐに覚えたのと勝手が違い、なかなか覚えることができなかった。そのせいもあり、職場の仲間ともうまくとけ込めず、日増しに孤独感にさいなまれることになった。言葉がわからないせいか仕事もきついと感じた。パン屋で働ければ、経験が生かせると思ったが、言葉が不安だったので、仕事を探すこともしなかった。

祖母の親戚には援助を求めようとは思わなかった。

広島にいる間、大学病院に一週間ほど入院して検査を受けた。爆風でとばされた際、コンクリートの壁に打ちつけた腰は、ずっと痛みが続いていた。だが、生活に支障があるほどではなく、ときどき両手をあて腰を伸ばすようにして、過ごしてきた。検査の結果、骨がずれていたが、肉がかぶってしまったためもう治らないと診断された。血液については、その後一〇年く

原爆孤児の友田君

望み通りお菓子屋へ就職

"技術生かしガン張る"

広島市援護課も大喜び

原爆で肉親を失い、終戦直後の混乱のさい、韓国人に連れられて韓国に渡り、この六月十九日、浜井広島市長らのあたたかいはからいで、十五年ぶりに故郷、広島に帰って来た友田典弘君(二〇)の就職が五日、市援護課のあっせんで決まった。

友田君は広島に帰ってから同市矢賀町に住む祖母の西田トラさん(八〇)の家に身を寄せていたが、同君が韓国にいたころソウルで菓子工をして働いており、製菓技術があることを知った市援護課では、尾長地区の民生委員、熊崎サワノさん、市遺族会長の田頭新太郎さんらに相談をもちかけ、いろいろ捜した結果、市内南段原町の　　＝ヨウカン製造業、内富寛社長＝に就職が決まった。午後三時、友田君は熊崎さんに連れられて同社を訪れ同社の職員にあいさつしたあと工場内を見学、同夜から社員寮に住み込んだ。

友田君の話　みなさんのあたたかい配慮で就職できてうれしい。一日も早く社風になれ、ご期待にそえるようがんばります。

内富社長の話　日本語が少し不自由な点を除けば、健康そうでなかなかりっぱな青年だ。六日からさっそく働いてもらうが、まじめにやってくれれば月給一万円ぐらい出してもよい。

目標は

あす

政府は本年産米の売り渡し予約申し込みを七日から始めること

手を握り合って再会を喜ぶ友田君(左)と祖母の西田さん(右)

友田君、15年ぶり感激の帰郷

"日本語は忘れた"

あふれる涙　祖母と対面

終戦直後のどさくさに韓国人に連れられて韓国へ渡った広島の原爆孤児、友田典弘君(二〇)＝本籍広島市大手町五丁目＝が十九日午後三時二十四分着下り急行"つくし"で十五年ぶりに故郷、広島に帰ってきた。

広島駅頭には田淵広島市広報室長、原田同厚生局長、下村広島市仁保小校長(友田君が広島市袋町小三年当時の担任)などが出迎え、田淵広報室長が「よく帰ってきたね」と握手。また下村先生は「友田君、袋町小三年生のときの担任だよ、覚えているか」と話しかけたが、友田君はあふれでる涙をハンカチでふくばかり。直ちに市内矢賀町に住む祖母、西田トラさん(八〇)の家に向かい、おばあさんと感激の対面をした。おばあさんは友田君の手をしっかり握り「朝鮮についていかなければよかったのに」とじっと顔をみつめる。友田君はだまって下をむいたまま。

友田君は被爆当時の記憶もあいまいで「日本語は忘れた」といいながら、かたことの日本語でぽつりぽつりと話した。これによると、原爆当時は小学校四年生で袋町小学校で被爆、母と弟二人の肉親は行くえ不明となった。大手町五丁目の自宅の近所に住んでいた一韓国人に連れられて二十年八月三十日ごろ韓国へ渡った。その韓国人は「一人ぼっちで可哀想だから」とそのとき語ったという。韓国ではソウルで製菓業を営む李哲三さんのところで仕事を手伝いながら暮らしていた。その間、日本へ帰りたくてたまらなかったという。三十三年十一月、思いあまって広島市役所、西警察署、袋町小学校に帰国希望の手紙を出した。広島市ではさっそく日赤本社などを通じて

典弘君の帰国促進を働きかけたが同君の夢はなかなか実現しなかった。ところが、今年二月、浜井広島市長が前ソウル市長、任興淳氏に送った手紙がきっかけとなって急に帰国が具体化した。

友田君の話　日本語はほとんど忘れた。ソウルに住んでいると、日本に帰りたくてたまらなかった。きょう、おばあさんと会ったが、昔のおばあさんの顔をはっきり記憶していない。

西田トラさんの話　孫の小さいときの顔しか覚えていないが、今こうして会ってみると私の娘(友田君の母親)にそっくりだ。私は年をとってからだも不自由だが、しばらく面倒をみてやらなければならない。一人前の男になっているのだからなんとか早く職をみつけてやりたい。

久保田広島市東京事務所次長に迎えられて羽田についた友田君(右)

韓国から

念願かなって帰国

原爆孤児の友田さん

○…十八日午後六時三十五分、羽田空港着ＣＡＴ機で広島市大手町　　の友田典弘さん(二〇)がソウルから帰ってきた。原爆で戦災孤児となり、当時引き揚げの親しい韓国人につれられて韓国に渡って以来十五年ぶり。三十三年十一月以来浜井広島市長のもとへ帰国希望の手紙を送り、浜井市長もソウル市長へ懇願、先ごろの韓国政変も幸いしてかねての念願が果たせたもの。

○…韓国では李さんの製菓業を手伝いながら暮らし、特別な学校教育も受けなかったという友田さんは、日本語も不確か。同日夜の"安芸"で広島に向かったが、さしあたり祖母の西田トラさん(八〇)＝広島市矢賀町　　＝方に落ち着く。

友田さんの話　日本語は忘れた。両親が死んだとは思えず、どこかで生きているような気がする望郷の念で一杯の毎日だった。

帰国を伝える「中国新聞」の記事右上1960年６月20日付、左上1960年７月６日付、下1960年６月19日付

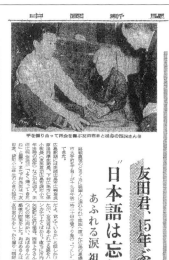

らい（大阪に移ってからは日赤）病院に通い続けたが、これも治らないため、処方されても薬は飲まなくなった。夏になると、白血球の数が少なくなっていると言われたが、特に気にすることもなく、病気のことは考えないようにして過ごしてきた。

高度成長期の大阪

一九六二年、典弘は韓国のパン屋で働いていたときの友人の紹介で、高槻《たかつき》市のガソリンスタンドで働くことになり、ついに広島をはなれて大阪に転居した。店の主人も奥さんも韓国人で、典弘にとっては言葉が通じるぶん居心地が良かった。社長の家に住み込みで、テレビやバイクまで買ってくれた。当時ガソリンスタンドは景気がよく、給料がよかった。

典弘は、言葉の問題から、在日韓国人たちとつきあうことが多かった。二年ほどそこに勤めた後、やはり韓国人の紹介で、炊飯器のとってをつくる工場で働いた。松下電器の下請け工場だった。

しばらく転々と仕事を変わった。どの職場でも苦労したのが、言葉の壁だった。

最後に勤めたのがステンレスの加工を施す会社だった。四六歳から勤め、七六歳まで現役で働いた。会社では、工作機械をつかったり、溶接をしたりして、何でもつくれるようになったので、仕事は楽しかった。給料もよく、慰安旅行もいいところへ行った。最後に住んだマンションは家賃が七万五千円もしたが、それを支払っても余裕があった。

結婚と子育て

一九六四年、三〇歳になったとき、知人の紹介で妻佳世子《かよこ》と知り合い結婚した。妻には兄がいたが、亡くなっていたため、両親と共に三人で郷里の石川から大阪に引っ越していた。

一九六八年から一九七三年までの間に、長男、次男、三男、長女、四男の順に五人の子どもを授かった。原爆の影響で子どもができないかもしれないと不安に思っていたので、子どもができたときは本当に嬉しかった。

だが、生まれてみると、その当時の多くの父親のご多分にもれず、子育ては母親に任せきりで、自分は仕事中心の毎日だった。ただ、ときに休みの日には、子どもたちを電車で和歌山の海まで釣りに連れて行った。広島の平和公園も何回か連れて行った。原爆の経験については広島に行くたびによく話して聞かせた。しかし、韓国での生活については、子どもたちも聞こうとはしなかったし、自分から詳しく語ることもなかった。

ともかく、九歳からの孤独な生活とは対照的に、人生の中盤以降は父として大家族を支え続けた。

子どもたちが独立していくと、妻と二人で車で旅行に出かけた。伊勢《いせ》、天橋立《あまのはしだて》、淡路島《あわじ》、白浜《しらはま》、東尋坊《とうじんぼう》などに行った。

しかし、妻佳世子は二〇一三年に他界。広島と韓国で間近に多くの死を見続けても、動じなかった典弘だが、妻の死はこたえた。死を目の前にして、初めて「さびしい」と感じた。再び孤独を味わうのかという恐怖があったのかもしれない。

韓国訪問

二五年前に、広島の中国放送が韓国の放送局と協力して、典弘の特集を組んだ。その際、典弘は取材チームとともに、ソウルを中心に韓国各地をまわった。

そこで、チェスニの姉チェスジに会って話をすることができた。そのとき、チェスニと母ヤンポンニョが亡くなっていたことを知らされた。

姉の話では、チェスニは英語もできたのでタイプライターの仕事をしていた。その後結婚したが、子どもができなくて夫とうまくいかず、薬を飲んで死んだという。

チェスニの死後、母親のヤンポンニョは悲嘆にくれ続けた。そして、「典弘が日本に帰らな

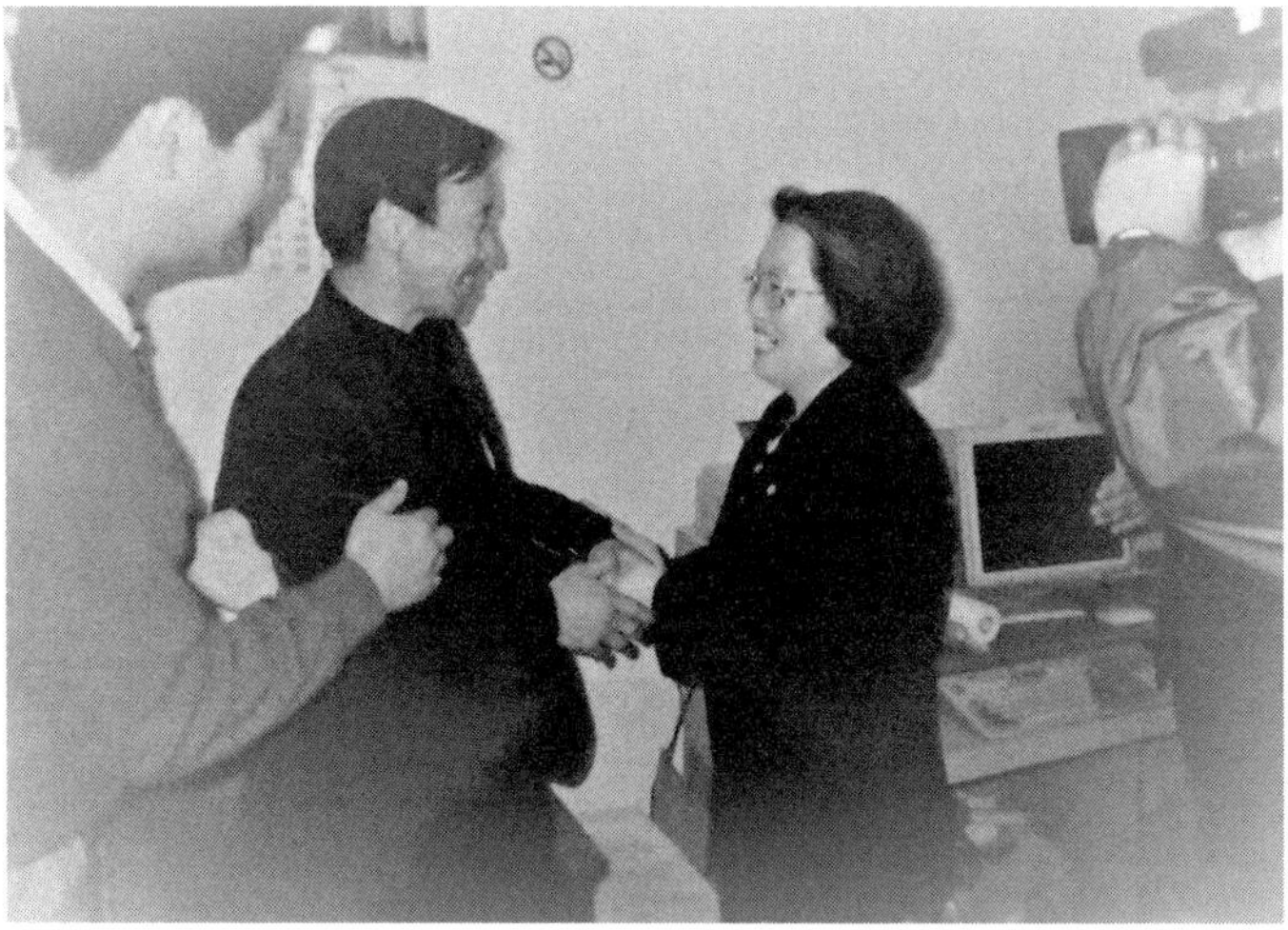

1994年頃、テレビ局の企画で韓国を訪問した際に、ヤンポンニョの長女キムチェスジと長男キムファデと再会した。
（提供／友田典弘）

ければこんなことにならなかったのに」と、何度も話していたと語った。ヤンポンニョは、典弘とチェスニを本気で一緒にさせたかったのかもしれない。チェスニもそうなりたいという気持ちが強かった可能性がある。

また、チェスジは「母は死ぬまであなたのことを心配していたのよ」とも語った。食料を求めてさまよう典弘を永登浦の市場で見かけてから、自分の家に招き入れ、二〇歳を過ぎて帰国の世話までしたヤンポンニョは、典弘にとって正真正銘の命の恩人であり、韓国における母だったのである。

現在

最後に、友田さんに命の恩人である三人に

ついて、今の思いを尋ねた。

金山さんについては――小さいときには「日本に帰りたい」と言いたかったが、遠慮して言えなかった。本当に日本に帰ることになったときには「日本に帰るよ」と伝えたかったが会うことができず言えなかった。一度もありがとうと言えなかった。自分だけでも生きていくのが大変だったときに、自分を救ってくれて、家族として連れて行ってくれて本当にありがたかった。本当に優しい人だった――

ヤンポンニョさんについて――ヤンさんのおかげで日本に帰ってくることができた。自分だけでは決して日本に帰ってくることはできなかった。自分を信用して家に入れてくれ、自分たちの生活も苦しいのに、食事を与えてくれた。子どもには罪はないと言って、日本人の自分を守り、最後まで息子と思って接してくれた。お礼をしたいと思っていたが、できないままに亡くなってしまった。ヤンさんのおかげで今があると思っている――

最後にお母さんについては――毎日仏壇で拝んでるよ。生きているのはお母さんのおかげ。お母さんの夢を見てから、「帰らなくてはいけない」、「必ず帰る」と強く思えるようになった。それから後もときどきお母さんの夢を見て、辛いことも切りぬけてきた。日本に帰ってからは

ヤンポンニョはすでに亡く
なっていた。遺影をもつ友
田さん。（提供／友田典弘）

ヤンポンニョの墓を
訪れる。最後まで典
弘のことを気にかけ
ていたという。（提
供／友田典弘）

夢に出なくなった。お母さんも安心したのだと思う――

今、友田さんは門真《かどまし》市の住宅で一人暮らしをしている。

自宅にお邪魔すると、いつも部屋がきれいで、整理整頓《せいとん》が行き届いている。集団疎開前にお母さんと弟の三人で撮った記念写真やお父さんの写真、妻の写真などが額に入れてかざってある。趣味で作ったプラモデルがほこりもかぶらず飾ってある。友田さんは、とにかく「はたらき者」でマメなのだ。

友田さんの、韓国での生活を見ると、「はたらき者」であったことで、救われた場面が何度も会った。孤児として市場で生きていくために、水をくみに行ったり、掃除をしたりして、店の主人に気に入られ、食料をもらったこともあった。パン屋で働いているときも、よく働くと評判になって、違う店から誘われるほどだった。ステンレスの加工会社に入っても、七六歳まで勤め上げたのは、きっと働き手としての友田さんを会社が手放したくなかったからであろう。

友田さんは、八三歳になった今も自転車に乗ってスーパーに買い物に行くなど、元気に生活している。そして、時々孫が遊びに来ては、「おじいちゃん」との楽しいひとときを過ごしている。

友田さんには、彼を助けた人たちの思いが宿っている、そう思わずにはいられない。

おわりに

友田さんとの出会い

二〇一六年夏、七一年目の広島原爆記念日を翌日に控えた日の朝、私は原水爆禁止世界大会広島大会二日目の集会に参加しようとしていた。ホテルを出て歩き始め、二、三分も経《た》たないところで、「袋町小学校原爆資料館」という表札を目にした。「ああ、こんなところにあったのか」と、吸い込まれるようにして中へ入った。

袋町小は、地下に向かう階段の壁に被災者たちが残していた伝言が、改修工事の際（一九九七年）に見つかって話題となっていたことは知ってはいたが、場所についてはこのときまで知らなかった。

地下を見学してから係の人と話をしていると「この地下で被爆して生存できた方が三人いた

んですよ。そのうち一人はご存命で、たしか大阪の方に住んでおられます」と、ここまで聞いて完全に頭の中のスイッチが入っていた。「よし、今年の平和教育はこれでいこう」と。

係の人が、友田さんについて特集した中国新聞の切り抜き記事を見せてくれると、あつかましくもそれを借り、近くのコンビニへ走った。記事をコピーしながら、きっとこれから長いおつきあいになるに違いないと確信していた。

帰宅してから中国新聞に電話すると、記事を書いた記者が友田さんとの間を取り持ってくれて、その日のうちに電話で連絡をとりあうことができた。

「うちの学校に来て子どもたちに話してくれないでしょうか」

「ああ、いいですよ」

「下調べしたいので、明日くらいそちらへ伺ってもいいでしょうか」

「どうぞ」

と、そんな簡単なやりとりで、大阪に行くことが決まった。思い立ったら急なのが私の悪い癖である。直接お会いして一時間くらい話をして、その内容を事前に子どもたちに伝えて予習をしておき、その後に本人を連れて来て話してもらうという計画（というより思いつき）である。

バスや電車を乗り継いで最寄り駅まで行き、徒歩でご自宅に訪ねたが、着いてみると本人がいない。本人は気を利かせて自転車で駅まで迎えに来ていて行き違いということだった。飾ることなく、気さくに、親切に応じてくれるのが友田さんだ。

あいさつもそこそこに話し始めると、驚きの体験談はとめどなく、底なし沼のようであった。あっという間に三、四時間経ってしまった。

——と、これが友田さんと最初にお会いしたころの顛末である。

聞き取りの様子

それ以降も、脚本の執筆やこの本の出版にあたり、計十数回ご自宅に伺い、その度に長時間の聞き取りをおこなった。二〇一九年一月には広島、五月には二泊三日で韓国への同行取材もおこなった。

この本以前にも、友田さんの証言をまとめた冊子などが出たり、NHK広島放送局による特集番組が放送（二〇一九年八月）されたりした。それらも手がかりにしながらインタビューを重ねた。友田さんは飾らない性格で、断片的に訥々《とつとつ》と事実を語ることが多い。そのため一つひとつの事実をつなげていく作業のところで、つい聞き手は想像を加えてしまう。

たとえば、金山さんと再会して、朝鮮半島に渡ったという事実を聞けば、自然と典弘《つねひろ》はその間、親族の誰にも会わなかったと考えてしまうが、実際は母方の祖母に会っている。金山さんと再会して最初に向かったのは祖母の家だった。

聞き手はつい、おばあさんが生きているならば、そこで生活するのが普通であり、そうなっていない以上、少なくともそういう親族とは会っていないと判断してしまう。私も最初そう考えていた。

多くの事実は思っているより複雑だ。典弘はおばあさんのことが好きだったが、その家の家族とは相性が悪かった、という事情が隠れていたのだ。この事実を欠くと、大切なことを見落としてしまう。それは、たとえ親を失い孤児になったとしても、相性の悪い親族に頼んでまで養ってもらおうとは思わない、子どもにも子どもなりの意地があるということである。いや、意地があったと考えるのも、考えすぎの可能性が高い。典弘からすれば「単にいやだった」、「金山さんの方がよかった」と思ったに過ぎないのかもしれない。

これまでの記録に残っていたとしても、全ての先入観を排して事実を確認し、事実と事実との間に、もう一つ事実が隠れているのではないか、一つ思い出せばもう一つ、というふうに聞き取りを重ねていく作業は、かなりの時間を要する。ご自宅まで伺うと、朝から夕方まで聞き取りをおこない、翌日も朝から夕方まで聞き取りするということもあった。こうして証言に即して事実を紡ぐことに重点を置いてきたつもりである。

一回の取材で尋ねる内容は多岐にわたるため、友田さんが証言した内容をそのまま文章にすることはできない。したがって、本文では、「典弘」の行動や考え、見聞した事実について、全てを知る第三者の視点に一旦置き換えて描くことにした。もちろんその根拠の大部分は、友田さん本人が証言したことなのだが、それらを歴史的な背景や時間軸に照らし合わせながら、できるだけ忠実に記してきたつもりである。しかし、所詮《しょせん》は私が理解した通りにしか記すことはできず、ご本人の記憶や本意とはまだ違いがあるかもしれない。そうご理解いただきたい。

しかし、それにしても立ちはだかるのは、年月の壁である。六〇年～七〇年以上昔の少年期のことである。誰しも子ども時代を振り返って、出来事の順序を並べるのは難しい。思い違いもあるし、後《のち》にただ考えていたことが経験したこととして記憶されてしまうこともある。友田さんにはまだ語っていないこと、思い出したくないこと、消したい記憶というものもあるかもしれない。それはやむを得ないことである。

だが、ともかく友田さんは一生懸命に記憶をたどり、ときに目を遠くにしたり首をひねったりしながら考え込み、一つひとつ答えてくれた。「それはこういうことですか」と私の想像を加えて尋ねると「違うよ」と即座に述べることも多かった。つらい内容も事実を後の世に残すためにと、誠実に答えてくれた。あとは証言の限界を理解しながら、事実を読み解くしかない。

韓国への取材旅行

二〇一九年五月二二日から三日間の日程で、筆者は友田さんに案内してもらいながら、ソウル周辺のゆかりの地を巡った。当然ながら現地は当時と大きく変貌《へんぼう》していて、友田さんは「すっかり変わったなあ」「こんなにビルはなかったからなあ」とつぶやくことが多かった。それでも、小さな路地や川などはそのままで、それぞれの場所で「懐かしいなあ」と感慨深げにつぶやいた。

戦争の状況について、身振り手振りをつけた説明を受けると、友田さんが想像以上に危険な状況に置かれていたことがよく分かった。なかでも、北朝鮮の戦車が漢江《ハンガン》の向こう岸に見えてからの数日間は、北朝鮮軍と韓国軍の対峙《たいじ》するその場所にいたため、砲弾が近くに落ちたり、銃撃戦が近くでおこなわれたりしていて、いつ流れ弾が当たってもおかしくない状況だった。

それでも、友田さんは淡々と語った。擬態語を交えながら「砂煙がすごかったよ」「ものすごい水柱があがったよ」「弾の跡《あと》が赤い線になって見えたよ」「こわかったなあ」「驚いたよ」

とは語るが、泣き叫んだ様子でもなければ、おびえて逃げ惑う様子でもない。正直、何度聞いても、どこまで怖かったのか判然としない。「死んだってどうってことない」と思っていたからか、どこか悠然としているように感じる。そこに友田さんの表情を想像することができないのだ。なにか無機的な雰囲気が漂う。もしかすると、ずっと無表情だったのかもしれない――そう思うようになってきた。

何かを叫んだとて誰も聞く者がいない、表情を変えたとてその表情を見て話しかけてくる人がいない、それが孤独というものの本質なのだ。戦争・原爆によって、あたたかい家族に守られたくらしから、突然、孤児にさせられた子どもたちは、自分で自分に殻をつくって、身を守るしかない。孤独なくらしは、知らず知らずのうちに表情を変えたり感情を昂《たか》ぶらせたりということを抑制していたのではないだろうか。戦争の残酷さを示す一面だと感じた。

夜、明洞《ミヨンドン》（最大の繁華街）の料理屋で韓国料理を二人でお腹いっぱいに食べながら、わたしは、凍えながらお腹をすかせる典弘少年のことを思った。その少年が六〇年後に目の前で笑いながら、一緒にビールを飲んでいる。そう思うと、生き延びることの大切さを思わずにはいられなかった。

（第三種郵便物認可）

生き抜いて15年

原爆の影残す生活記録二つ

☆…広島市はまたきょうの日をむかえた。十五年たつがあの日のナマナマしい記憶はいつまでも消えさろ…☆

☆…うとはしない。今年もまたこの日をめぐっていろいろな話題が人々の口にのぼった。これはあの日の…☆

☆…原爆がきょうの〝ひろしま〟になお残影をとどめるふたりの市民の明暗二つの生活記録である—。…☆

生存—それが君だ 語り伝えた恩師たち

生きていた〝伝説〟

韓国から帰った友田君

○…広島市袋町小学校で原爆の日から—それは教師がいつまでも教え子の行く末を案じるように—ひとりの少年のことが伝説のように語り伝えられていた。それがいま、ようやく〝生きていた伝説〟になった。さる六月十九日、広島駅の一番ホームにすべり込んだ下り急行〝つくし〟からひとりの青年が下車してきた。待ちうけていたまぶしいライトや、数本のマイク、そして見知らぬ人びとに取り囲まれてしまった。とまどうような人のかたまりの中でただひとりはっきりした口調で「まちがいない。まちがいない」とくり返す人や「友田君！おぼえているか、三年の担任だった下村だよ」—ワッとその胸にしがみついていったのが、十五年ぶりに韓国から帰り、広島の土を踏んだ原爆の子友田典弘君（二四）＝本籍、市内大手町五丁目＝だった。

○…十五年前にさかのぼった広島市袋町小では、疎開しなかった残留の児童たちが朝会をすませ、作業に取りかかっていたやさき、八時十五分の一瞬のセン光がすべてを包んでしまった。ところが作業にうつる前、ひとりの少年が忘れ物でも取りに行くように、校舎の中に走り込んだ。生死の運命を決定づけたのはその直後のこと—。

○…〝友田〟という姓にひかれ六月十九日広島駅頭に出迎えたのは、広島市仁保小学校長の下村進夫氏。二十年はじめまで袋町小の三年の担任、それを最後に応召したが、友田君は二年生の時から二年間の受け持ちだった。

「たった一度、物資の不足している中で、クツの修理の使いをたのみ、夕方近くなってようやく届けてくれたことが、ただひとつの記憶でして…」

と足を運んで友田君をあたたかく出迎えたのだ。そこでよみがえる記憶をたどると

「終戦—帰還そして勤務校での復旧にかけ回っているとき、もしあの惨状の中で生き残っている子がいるとすれば、校舎の中に走り込んだひとりの少年だけだろうと、ある教師がもらした伝説のような話でした。物資も食糧もない混乱の中での話で、ふつうなら忘れてしまっていたでしょうが、なぜかこのことだけは消えず、影のように残っていた。そうしていま考えると、友田君こそその少年で、生きていた伝説の主ではなかろうか」

○…また広島市三篠小学校長の坪田省三氏は、当時袋町小の教頭で残留組の責任者でもあった。

「原爆落下の瞬間、幸い疎開事務の処理があって職員室で執務中、投げ出されてしまったが、非常持ち出し書類などを処分すると、指定してあった白神社付近の同校避難所に向かった。一面の黒煙と火に囲まれているだけで、そこにはひとりの避難児童も発見出来ず、人の波に流れて比治山にたどりついた。そこではじめて〝先生〟とよびかける児童ひとりを確認しただけ」

坪田氏と少年は「行き先は」「祇園の親類までにげるつもりです」「よしそれでは戸坂を回って行こう。とちゅうまで送ってやる」「ハイ」「多聞院まで報告に行ってくるから動かずまっておれよ」と言葉を交わした。それから一時間あまりののち、再びその位置では、もうさきほどの少年の姿を見つけることはできなかった。疎開しなかった袋町小の約二百人の児童は一瞬黒コゲで全滅したのはいうまでもない。

友田君—左から三人目—を明るく囲む旧友、旧師下村氏—右端

○…十五年目、生活や環境が違い、そのうえ母国の日本語までほとんど失ったが、ひとりの少年だった友田君は、二十四歳に成長して帰って来た。そしていま市内南段原町の鋼屋に職をえて、傷心から立ちなおろうと努力している。五日友田君を訪ねると思い出をたどるように「地階にあった教室から、クツをはいて出ようと、片足はいたとき光った。頭あついで気がついた。弟は階段で死んだ。外の生徒みんな真っ黒で死んだ」「あした平和公園のお墓に、はじめておかあさんのお参りに行く。弟もお墓にいる」とうつむいてあとは口をつぐんでしまった。日本語で十分に気持ちを表現することはできないので、友田君が十五年目の八月六日をどう味あうかは避ける。だが影を現実に呼びもどすことができた教師たちの胸には、ひと筋の光がさし込んでいる。ひとりの教え子が生きていたのだ。

ヤケド・結核・ロク膜

「中国新聞」1960年８月６付

あとがき

戦前を大人として生きた日本人であれば、朝鮮や中国の人々に対する差別がどれほどのものであったかは、肌感覚で知っているはずである。私たちの世代も、その時代の強烈な差別の名残を身近に感じることは多かった。

だが、戦後、差別は否定された。それは、人権意識の希薄さが差別を生み、それが戦争を招き、大きな不幸につながったことを反省したからだ。

日本国憲法で、基本的人権の尊重、法の下の平等、平和主義が謳《うた》われ、曲がりなりにも「差別はいけない」「他国を尊重しなくてはならない」ということが定着し、少なくとも表面上は差別的言動をする人は減少していった。あからさまな差別をする人に対しては、逆に眉《まゆ》をひそめるようにもなった。

ところが、今はどうであろう。他国や他民族へのヘイトスピーチや罵詈《ばり》雑言が、ネットの世界を中心に巷《ちまた》にあふれ、マスコミまでがそれを煽《あお》る時代になってしまった。一つの国や民族、集団をひとくくりにして、誹謗《ひぼう》中傷することを差別とみなし、それを禁ずることは民主主義社会の最低限の常識だったように思ったが、それがなし崩し状態である。人類が積み上げてきた人権尊重の歴史が大きく後戻りしようとしている。そして、それが世界的な風潮にもなっている。

私は日韓関係が悪くなったから、差別的な言動が増えたのではなく、差別的な言動が増えたから関係が悪くなったのだと理解している。

だが、とにかく悲嘆していても事態は好転しない。人権や民主主義の歴史は、常に前進させようとするものと後退させようとするもののせめぎ合いの歴史である。そして、それは一人の心の中でもせめぎ合っている。人権や民主主義が傷ついたなら、今そこに生きる世代の責任として、それを修復し発展させ、次の世代に渡すことが求められるのではないだろうか。

友田さんが孤児として過ごした時期に接した人々、金山さん、ヤンポンニョさん、パン屋のおかみさんや仲間はみんな民族の違いにこだわることなく友田さんを助けた。日本に帰ってからも、友田さんを大切にしてくれたのは、韓国人社会だった。

友人や知人を大切にする韓国の人々の情の深さには驚かされる。友田さんは今も韓国の友人と関係が続いているが、友達は「国と国は関係ないよ」と言って仲良くしているそうだ。国レベルで関係が悪いからといって、個人レベルまで関係を悪くする必要はない。

「戦争は絶対に起こしてはいかんよ。原爆なんてものは二度とあってはならんよ」「困っている子は助けてやらにゃいかんよ」――これはインタビューの最後に友田さんが語ってくれた言葉だ。これらの言葉は、私には、八月六日のあの日、友田さんの周囲で亡くなった幾万の子どもたちが、友田さんに語らせている言葉なのではないかと思えるようになってきた。

原爆によって孤児になった子どもは、広島だけで二〇〇〇人とも五〇〇〇人ともいわれ、実態をつかめていない。戦争は多くの孤児を生む。「困っている子は助けて」とは、広島・長崎に限らず、全ての戦争孤児や貧困・虐待に苦しむ子どもたちを代表して述べている言葉ととらえるべきではないだろうか。孤児として生きる苦しみを舐《な》め尽くしてきた友田さんの発する言葉には、それだけの説得力がある。

この本の執筆が最終盤にかかったころ、友田さんに胃がんが見つかり、手術を受けることになった。被爆との関係は分からないそうだ。本人は前から胃が痛かったが、誰にも言わなかったようだ。検査で「がん」と言われても、怖くも何ともなく、自分では「歳《とし》も歳だから」手術はやめようと思っていたが、周囲が根気強く説得するのでようやく受けることにしたようだ。そんなところにも、ありのままを受け入れて自然体で（やや頑固に）生きる友田さんの性格が表れている。手術は無事に終わり一安心したが、今後はよりいっそう体調を気遣いながらの生活が求められる。

さて、最後に自分を苦しめた戦争について友田さんに尋ねると、「戦争をしたのは、日本の軍部が悪いよ」「日本軍は残酷だったよ」「日本の始めた戦争が間違っていたんだよ」と語る。だが、自分の置かれてきた状況を嘆《なげ》くわけでも、誰かに恨みをぶつけるわけでもない。戦争を始めた人々や原爆を落としたアメリカに恨みはないかと尋ねると、「それはない」と即座に答える。

そして、「自分の歩んできた人生に悔いはない」「自分の選んだ道に悔いはない」と言い切る。出来事をありのまま受け入れ、そこから気負わずに生きていく姿勢は、子どものときから一貫しているのだ。また、本人は「生きることに自信がある」「運が強い」とも語る。「では、百歳まで生きる自信は？」と聞くと、声を上げて笑ったまま答えなかった。あまり先のことまで考えるのも友田さんの生き方に反しているらしい。

友田さんを見ていると、ことわざの「人間万事塞翁《さいおう》が馬」に出てくる「塞翁」を思い出す。

ことわざのもとの話は、塞翁が、飼っている馬が逃げても悲嘆せず、それが翌年駿馬《しゅんめ》をたくさん連れて帰っても大喜びせず、息子が落馬して骨折しても嘆かず、結局、息子は戦争で命を落とすことがなかったという展開だが、友田さんの体験は「塞翁」以上の過酷な運命に幾度となく直面しているが、達観しながら生きてきた。まさに現代の「塞翁」だ。戦争で命を落とさないという部分も共通項だ。

私事だが、友田さんと接するようになってから、過ぎたことを後悔することが少なくなった（「全くなくなった」と言いたいところだが）。「今の自分」は、過去の選択と偶然によってつくられるが、もっとよい選択があったかも、とつい思ってしまうのが人情だ。

だが、友田さんは、「二つの人生を生きることはできない」「自分はずっといい人生を歩んできた」と笑いながら話す。よいことも悪いことも、大きなことも小さなことも、全ての出来事には意味があって、それが今と将来の幸福につながっていると考えているのだ。究極のプラス思考である。

「いや、いや、それは友田さんがたまたま運の強い人だったからなのでは？」と反論されそうである。確かに、運と不運はどうにもできない。過ぎた過去も変えられない。でも、だからこそ、その過去をどうにかして生かすほかに自分を幸福にしていく道はない。つまり後悔している場合ではない――友田さんは、そう教えてくれているような気がする。

ただし、これには大前提がある。死んではいけない、ということだ。友田さんは、死線をさまよいながらも、生き残った。一時期、自暴自棄になり自ら死を選ぼうとしたこともあったが、周囲の人に助けられ生きた。だからこそ過去を語れる。

友田さんの生きざまは、何としても生き残れ、人生は悪いことばかりじゃないぞ、生き残ってさえいれば、人生にはきっといいことがあるぞ、そういうエールにも聞こえる。


最後になりましたが、本書執筆にあたって、在韓被爆者の支援に尽力されてきた豊永恵三郎《とよながけいざぶろう》先生、近距離被爆生存者の医学研究をされてきた鎌田七男《かまだななお》先生には、お忙しいなか、資料をご用意いただいたり、貴重なご助言をいただいたりしました。篤《あつ》くお礼申し上げます。

また、新日本出版社編集部の柿沼秀明さんには、最後まで多くのご助言をいただきました。心より感謝申し上げます。

二〇一九年一〇月

吾郷修司

主な参考文献

広島大学名誉教授鎌田七男・元広島大学教授（故）湯崎稔による研究論文『近距離被爆生存者に関する総合医学的研究 第29報大線量被爆生存者78名の被爆後70年までの追跡調査結果（長崎医学会雑誌91巻特集号別冊）』2016年9月25日発行（肩書きは2016年当時）
広島平和記念資料館『図録ヒロシマを世界に』2017年8月
広島市役所編『広島原爆戦災誌』第三巻1971年
広島市役所編『広島原爆戦災誌』第四巻1971年
森下研著『興安丸33年の航跡』新潮社1987年
高崎宗司著『植民地朝鮮の日本人』岩波新書2002年
田中恒夫著『図説朝鮮戦争』河出書房新社2011年
村上薫著『朝鮮戦争』教育社歴史新書1978年
和田春樹著『朝鮮戦争全史』岩波書店2002年
萩原遼著『朝鮮戦争金日成とマッカーサーの陰謀』文藝春秋
白宗元（ペクジョンウォン）著『検証朝鮮戦争―日本はこの戦争にどう関わったか―』三一書房2013年
小此木政夫著『朝鮮戦争―米国の介入過程』1986年
金星煥（キムソンファン）画『朝鮮戦争スケッチ』草の根出版会2007年
児島襄著『朝鮮戦争』文藝春秋1977年
デイヴィッド・ハルバースタム著 山田耕介・山田侑平訳『ザ・コールデスト・ウインター朝鮮戦争』文藝春秋2009年
イヒョンチョル著「朝鮮における終戦と引揚げ」長崎県立大学国際社会学部『研究紀要』第2号2017年

友田さんの足跡

1935年	12月6日		広島市大手町に生まれる
1941年	12月8日	6歳	太平洋戦争開戦
1942年	4月	6歳	広島市立袋町国民学校入学
1943年	夏	7歳	父病死
1945年	7月頃	9歳	善立寺（現三次市三若町）に一時集団疎開
1945年	8月6日	9歳	袋町国民学校地下で被爆。母と弟を失う
	9月18日頃	9歳	金山とともに韓国へ渡る。金山の兄家族と同居する
1947年	秋頃	11歳	金山が結婚。夫婦と3人の生活を始める
1948年	9月頃	12歳	金山夫婦に子どもが生まれる
1949年	9月頃	13歳	金山の家を出る
1950年	2月頃	14歳	凍傷で足の指を2本失う
	5月頃	14歳	ヤンポンニョの家で過ごす（約1週間）
	6月25日	14歳	朝鮮戦争勃発
	12月頃	15歳	アメリカ軍に保護され足を切断されそうになる
1953年	7月27日	17歳	朝鮮戦争休戦。その後、パン屋に住み込みで働く
1956年		20歳	帰国に向けた行動を開始する
1958年	11月頃	22歳	手紙が広島市に届く
1960年	2月頃	24歳	広島・ソウル両市の市長が手紙を交換
	6月18日	24歳	帰国。広島市内のようかん屋に住み込みで働く
1962年	秋	26歳	大阪へ移住。ガソリンスタンド等で働く
1966年	秋	30歳	妻佳世子と結婚。
1968年		32歳	第一子誕生（1973年までに四男一女誕生）
1982年		46歳	ステンレス加工会社に勤める
1994年	2月	58歳	日韓のテレビ局の企画で韓国訪問
2011年	秋	76歳	ステンレス加工会社を退職
2013年	12月23日	78歳	妻他界
2019年	5月22日	83歳	帰国以来2度目の韓国訪問

証言者　友田典広（ともだ　つねひろ）
1935年広島県生まれ。広島で育ち9歳で被爆。家族を失い原爆孤児となる。朝鮮半島出身の男性に連れられ、韓国へ渡るが、家出をして再び孤児に。朝鮮戦争の中を一人で生き延びた後、パン屋につとめる。24歳で帰国。

著　者　吾郷修司（あごう　しゅうじ）
1967年神奈川県生まれ。岡山大学教育学部卒業後、岡山県北の中学校・小学校に教員として勤務。戦争体験者などに直接取材し、脚本を執筆。文化祭・学習発表会での演劇のほか、地域の方を招いた演劇公演なども主催。著書に演劇教育の経験と脚本をまとめた『「いのち」と「平和」の演劇をつくる』（2018年、七つ森書館）がある。

原爆《げんばく》と朝鮮戦争《ちょうせんせんそう》を生《い》き延《の》びた孤児《こじ》

2019年10月30日　初　版

著　者　吾　郷　修　司
発行者　田　所　　稔

郵便番号　151-0051　東京都渋谷区千駄ヶ谷4-25-6
発行所　株式会社　新日本出版社
電話　03（3423）8402（営業）
03（3423）9323（編集）
info@shinnihon-net.co.jp
www.shinnihon-net.co.jp
振替番号　00130-0-13681

印刷・製本　光陽メディア

落丁・乱丁がありましたらおとりかえいたします。

ISBN978-4-406-06391-3 C0036　　Printed in Japan

友田さん年表

年	月日	年齢	出来事
1935（昭和10）	12・6		広島市大手町に生まれる
1941（昭和16）	12・8	6歳	太平洋戦争開戦
1942（昭和17）	4	6歳	広島市立袋町国民学校入学
1943（昭和18）	夏	7歳	父病死
1945（昭和20）	7頃	9歳	善立寺（現三次市三若町）に一時集団疎開
	8・6	9歳	袋町国民学校地下で被爆。母と弟を失う
	9・18頃	9歳	金山とともに韓国へ渡る。金山の兄家族と同居する
1947（昭和22）	秋頃	11歳	金山が結婚。夫婦と3人の生活を始める
1948（昭和23）	9頃	2歳	金山夫婦に子どもが生まれる
1949（昭和24）	9頃	13歳	金山の家を出る
1950（昭和25）	2頃	14歳	凍傷で足の指を2本失う
	5頃	14歳	ヤンポンニョの家で過ごす（約1週間）
	6・25	14歳	朝鮮戦争勃発
	12頃	15歳	アメリカ軍に保護され足を切断されそうになる
1953（昭和28）	7・27	17歳	朝鮮戦争休戦。その後、パン屋に住み込みで働く
1956（昭和31）		20歳	帰国に向けた行動を開始する
1958（昭和33）	11頃	22歳	手紙が広島市に届く
1960（昭和35）	2頃	24歳	広島・ソウル両市の市長が手紙を交換
	6・18	24歳	帰国。広島市内のようかん屋に住み込みで働く
1962（昭和37）	秋	26歳	大阪へ移住。ガソリンスタンド等で働く